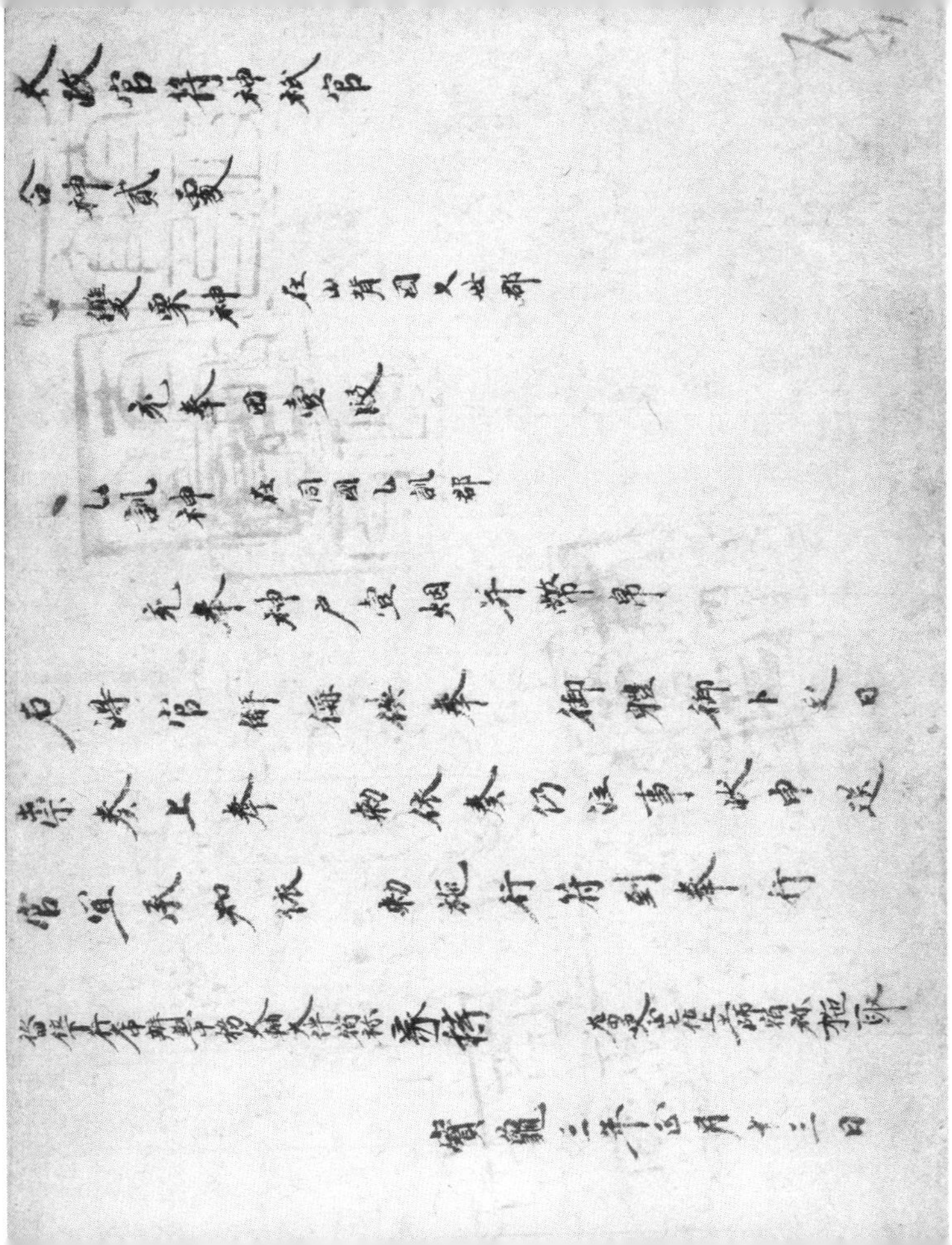

監修者——加藤友康／五味文彦／鈴木淳／高埜利彦

［カバー表写真］
元暦校本『万葉集』巻20より
「族を喩しし歌」(部分)

［カバー裏写真］
伴墓から平城京跡を望む
(奈良市川上町)

［扉写真］
「太政官符」宝亀3(772)年1月13日(上)・
同，大伴家持自署部分拡大(下)

日本史リブレット人010

大伴家持

氏族の「伝統」を背負う貴公子の苦悩

Kanegae Hiroyuki
鐘江宏之

目次

奈良時代貴族社会への招待———1

①
名門貴族としての大伴氏———3
武門の家柄の伝承／壬申の乱での大伴氏の活躍／大宝律令制の形成と大伴氏／父大伴旅人と家持

②
内舎人と貴族社会———18
世代交代の波／疫病流行の猛威／内舎人と東国行幸，恭仁遷都／難波遷都と安積親王の死／紫香楽宮と家持の五位昇叙／紫香楽退却，平城還都／聖武天皇の病と政界の動揺

③
地方赴任と中央政界———40
職事官としての出発／越中守としての赴任／二上山の賦／鷹を飼う／部内巡行／大仏造立と黄金産出／奈良時代の庄園と国司

④
専制権力のもとで———57
中央政界へと踏み出す／藤原仲麻呂の権謀／藤原仲麻呂と橘奈良麻呂／大伴古麻呂と大伴家持／橘奈良麻呂の変／藤原仲麻呂政権における家持／藤原宿奈麻呂事件と藤原恵美押勝の乱／称徳天皇・道鏡政権における家持

⑤
議政官への道———78
称徳天皇崩御と光仁天皇即位／陸奥国の情勢／家持の参議任命と桓武天皇即位／母をとむらう

⑥
天皇との衝突———89
光仁太上天皇の崩御／天皇と対立する貴族，寵遇される貴族／陸奥への任官と任地での死／藤原種継殺害事件

家持の生きた貴族社会———101

奈良時代貴族社会への招待

奈良時代とはどういう時代であったのか、そのことに興味のある方も多いだろう。かつて都のあった平城京▲の地とそこに残された文化財は、平成十(一九九八)年に「古都奈良の文化財」という世界遺産に指定された。平城宮跡にいけば、復原された大極殿や朱雀門の建物が私たちを迎えてくれるし、毎年秋に奈良国立博物館で開催されている正倉院展では、正倉院宝庫に保管されてきた宝物のいくつかを観覧することができる。東大寺にいけば、天平文化の粋ともいえる仏像に対面することもできる。こうして、当時の建築物の壮麗さや文物の精緻な技術や美しさを、私たちは感嘆をもってながめることができる。

奈良時代についてしのぶことのできるこれらの文物の多くは、当時の貴族社

▼平城京・平城宮　和銅三(七一〇)年に都が藤原京から平城京に遷った。天平十二(七四〇)年恭仁京に、同十六(七四四)年難波京に遷都されたが、同十七(七四五)年に平城京に還都し、延暦三(七八四)年の長岡京遷都まで都であり続けた。京の北辺中央に宮殿と官衙からなる平城宮を配置。

平城宮跡第一次大極殿の復原建物
(奈良市佐紀町)

会が政治や文化を主導するもとで生み出されたものである。しかし、その貴族社会に生きた人びとがなにを考え、どんなことに直面しながら行動していたのかといったことは、文物が直接に語ってくれるわけではない。こうした文物がつくられ使われた奈良時代について理解を深めるために、本書では、当時の社会に生きた一人の貴族の生涯をとおして、その時代の特徴を考えてみたい。

本書で取り上げるのは、大伴家持(七一八～七八五)という人物である。ちなみに、辞典類で「大伴家持」を調べると、最初に「万葉歌人(まんようかじん)」という説明がでてくることが多い。『万葉集(まんようしゅう)』▲のなかに残された歌がもっとも多く、その編纂に携わったと考えられているのが家持である。文学史上で『万葉集』を語る際に欠かすことのできない人物なのだが、彼自身は、当時の社会において他の貴族とともに政治に携わり、波乱のなかを生きぬいたのであった。彼の周囲の環境や彼が巻き込まれた事件には、この時代の特徴が凝縮されているといってよい。こうした家持の生き方をとおして、奈良時代の社会がどのようなものであったかがみえてくるであろう。そして、そこから、飛鳥(あすか)時代でもない、平安(へいあん)時代でもない、奈良時代という一つの時代像を感じていただくことができれば幸いである。

▼『万葉集』　現存最古の和歌集。二〇巻からなり、四五三六首の歌をおさめる。七世紀から八世紀半ばまでの歌を多く載せ、巻一七から二〇は大伴家持の歌日記的な性格を持つ。全体の編纂に家持がかかわっているとみられるが、詳細は不明。

①名門貴族としての大伴氏

武門の家柄の伝承

家持の生まれた当時の大伴氏は伝統ある名門氏族であり、そのことが、家持の人生にとって大きな意味を持っている。

大伴氏の名は、ヤマト王権に直属する「伴▲」を率いた存在であることに由来する。六世紀中ごろまでには確立していたヤマト王権におけるいわゆる部民制▲において、さまざまな職種の集団である「伴」を率いて王権に奉仕する豪族が「伴造▲」である。伴造としての氏族である大伴氏は、伴造たちのなかでは大きな勢力を持ち、王権から「連」姓をあたえられ、大伴連氏と呼ばれた。

大伴氏には武門の家柄としての伝承があり、軍事にかかわる来目(久米)氏と靫部(靫負部)氏を中央で統率したと伝えられる。来目(久米)氏が来目部▲(久米部)を、靫部氏が靫負▲をそれぞれ率いて、彼らの上に立ち軍事面で活躍したとされている。また、中央で宮殿の護衛にあたったとされる氏族として、七世紀末以降の宮殿の門に名を残す一一の「門号氏族」がある(九ページ図参照)。氏族

▶**伴**　さまざまな職務によってヤマト王権に奉仕した人びとの組織。担当する作業の名や、生産するものの名を冠した部に編成されている場合が多い。

▶**部民制**　ヤマト王権における支配制度。五～六世紀において支配下に組み込まれた地方の氏や、中央で王権に奉仕する集団が、部に編成されて組織された。

▶**伴造**　ヤマト王権において、伴や部のような集団を率いて職務を分掌する位置付けをあたえられた役割の呼称。

▶**来目部**　ヤマト王権の軍事的部民。中央の大伴連氏に統率され、地方では久米直氏に属した。

▶**靫負**　矢をいれる靫を背負い弓を帯して宮の警備にあたる武人。大伴氏に率いられた。

名がつけられた門のなかで、大伴門は南方中央にあり宮殿の正門にあたる。大伴氏は宮殿を護衛する門号氏族のなかでも、もっとも中心的な存在と位置づけられていた。

大伴氏の祖先伝承は『古事記』『日本書紀』にもみえる。『古事記』では、天孫降臨の際に、大伴氏の祖先とされる天忍日命が久米氏の祖先の天津久米命とともに大刀と弓矢で武装し先導したとされ、『日本書紀』の引用する一書(ある書の意)でも、大伴氏の祖先の天忍日命が来目部の祖先の天槵津大来目を率い弓矢と剣で武装し天孫を先導したとされる。神武東征の際にも、『日本書紀』では大和へ入る際に大伴氏の祖先の日臣命が大来目を率いて軍を先導したとされ、『古事記』では大伴氏の祖先の道臣命と久米氏の祖先の大久米命が先導したとされる。さらに『日本書紀』で日本武尊が地方を平定した伝承でも、随行した大伴氏の祖先の武日に甲斐酒折宮で靫負があたえられたとされる。

こうした軍事にかかわる祖先伝承が多くみられるが、ヤマト王権における大伴氏は内政や外交にも幅広く活躍しており、実際には有力豪族として軍事を含めた政治に多面的に関与した伴造氏族とみたほうがよいだろう。配下にある大

▼**『古事記』** 和銅五(七一二)年成立。天武天皇が稗田阿礼に誦習させた内容を太安万侶が筆録。神代から推古天皇代までを記す。

▼**『日本書紀』** 養老四(七二〇)年成立の漢文体の史書。神代から持統天皇代までを記す。

▼**天孫降臨** 天皇の祖神が天から地上に派遣されたとする神話。『古事記』『日本書紀』ではニニギノミコトがくだったとされる。

▼**神武東征** 神武天皇が日向から東に向かい、大和を征服し畝傍橿原宮で即位したとされる伝承。

▼**日本武尊** 『古事記』では倭建命。景行天皇の子。九州南部の熊襲討伐ののち、東国に派遣され蝦夷を討ち、帰途に伊勢で没した。

▼**甲斐酒折宮** 日本武尊が東国遠征の際、甲斐国酒折宮で歌をよんだ老人を東国造としたという。

▼**大伴部** 大伴氏の率いた部民。膳夫や靫負を支援する膳大伴部・

伴部▲についても軍事伝承は伝えられず、大伴部を率いて軍事に活躍したわけではないらしい。大伴氏の伝承に軍事に関するものが多いのは、後述するように、七世紀後半になってから武力による功績が強調された側面もあるだろう。

大伴氏の家系から活躍した人物として、まず五世紀後半ごろの大伴室屋▲があげられる。彼は、勢力を誇った葛城氏が失脚するのにかわって台頭し、雄略天皇のもとで大連の地位に就いた。六世紀になると、室屋の孫の大伴金村▲が対立する平群氏を滅ぼして、武烈天皇を推戴して大連の地位に就き、武烈天皇の没後には継体天皇を擁立した。金村の三男とされる狭手彦▲は、朝鮮半島に出兵し軍事指揮官として活躍した。金村はその後、いわゆる「任那四県割譲」を主導したことを物部氏に批判され失脚した。これ以後、六世紀後半には、物部氏と蘇我氏が力を持つことになる。

七世紀前半に大王家と蘇我氏が力を持ったころでは、大伴囓(咋)▲が朝鮮半島への出兵や外交に携わったことが知られる。六四五年の乙巳の変後に成立した改新政権では、大伴氏は当初はめだった地位にはいなかったが、左大臣阿倍内麻呂▲が没し、右大臣蘇我石川麻呂▲が追われて自害したのちに、大伴長徳▲が右大

靫大伴部などもある。

▼**大伴室屋**　雄略天皇〜武烈天皇の五代に仕え、佐伯氏の祖とも。

▼**大伴金村**　五世紀末から六世紀前半に活躍。平群氏を討ち権力を握る。五四〇年、加羅に関し対百済外交の失策を非難され失脚。

▼**大伴狭手彦**　六世紀の武人。宣化天皇代に軍を率い加羅を救い、欽明天皇代に高句麗と戦い百済を救ったという。『肥前国風土記』に松浦佐用姫との伝承がある。

▼**大伴囓(咋)**　六世紀末から七世紀初めに活躍。囓子(咋子)とも。

▼**阿倍内麻呂**　?〜六四九。倉梯麻呂とも。舒明天皇擁立に貢献。

▼**蘇我石川麻呂**　?〜六四九。中大兄皇子と姻戚関係を結び、改新政府では右大臣となったが、讒言にあい山田寺で自害した。

▼**大伴長徳**　?〜六五一。改新政府で六四九年に右大臣となる。

臣に就任した。しかし、その後に大伴氏が力を維持しえたわけではなかった。

壬申の乱での大伴氏の活躍

家持が生まれるより四〇年以上も前のことだが、六七二年に天下を二分した壬申の乱が起きた。天智天皇▲の没後、皇位継承をめぐって天皇の子の大友皇子▲と天皇の弟の大海人皇子▲が、それぞれ軍勢を擁して戦闘におよんだのである。中央の豪族たちも必然的に巻き込まれ、どちらかの陣営に属することになった。

長徳の没後、近江大津宮の天智天皇のもとでは、大伴氏は高い地位にはのぼれなかった。壬申の乱の直前には大伴氏の数人が飛鳥京にいたことがわかっており、天智天皇の病が重くなり大海人皇子が出家して大津宮を退去し吉野へ隠棲したのに呼応し、大津宮を離れたのだろう。彼らは大海人皇子を強く支持していた。『日本書紀』には、長徳の兄弟の馬来田▲・吹負▲や次の世代の安麻呂▲が大海人皇子方で活躍したことが記される。さらに安麻呂の兄御行▲ものちに壬申の年の功臣として扱われており、いずれも大海人皇子方に加わっていた。

六七二年六月、吉野にいた大海人皇子は、伊賀、伊勢をへて美濃へと脱出し、

▼**天智天皇**　六二六～六七一。即位前は中大兄皇子。乙巳の変で蘇我入鹿を殺害。六六八年に近江大津宮で即位。

▼**大友皇子**　六四八～六七二。天智天皇の皇子。母は伊賀采女宅子娘。六七一年に太政大臣となるが、壬申の乱で敗れ、山前で自害。

▼**大海人皇子(天武天皇)**　六三一?～六八六。天智天皇の弟。皇太弟として天智天皇を支えたが、六七一年に吉野に隠棲。翌年の壬申の乱に勝利し、飛鳥浄御原宮で即位。

▼**大伴馬来田**　?～六八三。囓の子。壬申の乱で大海人皇子の東国への脱出に随行し功臣とされた。

▼**大伴吹負**　?～六八三。囓の子、馬来田の弟。壬申の乱では大和で近江朝廷軍に対して奮戦。

美濃で大軍を得て近江へと進撃し、大友皇子軍と対した。その一方、少数ながら飛鳥で挙兵し、大海人皇子軍本隊と連絡をとりながら大和での軍事行動をまかされたのが、大伴吹負だった。吹負たちは河内から大和に攻め込んだ大友皇子軍の部隊と交戦し、一度は敗戦して撤退したが、美濃からの援軍を加えて体制を立てなおし、奈良盆地北方から迫った大友皇子軍を箸墓付近での戦いで撃破した。吹負は連戦で決死の戦いにのぞみ、大海人皇子軍の勝利に大きく貢献したのだった。

こうして皇位継承争いを武力で制し即位した天武天皇の時代には、大臣がおかれず、天皇の権威が豪族たちに対してより強くなった。吹負は乱後に常道頭（のちの常陸守に相当）に任じられたが、それ以上の昇進はなかったようで中央での動向は不明である。馬来田は六八三年に亡くなった際に、壬申年の功臣として葬送を丁重に扱われた。この扱いからみれば、天武天皇のもとでの大伴氏は、政権を構成する主要豪族の一つとしての地位を得ていたようである。

壬申の乱はわずか一カ月間の戦闘だが、『日本書紀』では三〇巻中の約一巻分の記事を占め、重視されていた。そのなかの大和方面の戦闘記録は、大海人皇

▼**大伴安麻呂**　？〜七一四。長徳の子、御行の弟、旅人の父。大宝二(七〇二)年、朝政に参議。慶雲二(七〇五)年に大納言となる。

▼**大伴御行**　？〜七〇一。長徳の子。六九四年、氏上となる。文武天皇の代に、対馬へ産金技術者を派遣した。壬申の功臣として評価され、没後に右大臣を贈られる。

子軍本隊のものではなく、大伴吹負の率いた部隊による。編纂にあたり大伴氏の記録が採用されたのだろう。多大な功績をあげたことで、大伴氏は軍事面で大きく評価された。『古事記』も『日本書紀』もこの時期に編纂が開始され、そのなかにみえる神話の体系はこの時期の政治状況に大きく影響を受けた可能性が高い。大伴氏の祖先伝承も、軍事面での大伴氏の評価が高いなかで、軍事的役割が重んじられて取り上げられたのだろう。また、天武天皇時代に造営計画が始まった藤原宮▲においては、おそらく宮殿正門に「大伴門」の名がつけられた。このことも、武門の中心に大伴氏が位置づけられたことを示している。

大宝律令制の形成と大伴氏

壬申の乱で活躍した吹負や馬来田ののち、次の世代の中心となったのは御行だった。六七五年には兵政官▲の次官に任じられたが、武門の家柄としての評価もあってのことだろう。また『万葉集』には次のような歌も知られる(巻19—4260)。

壬申の年の乱の平定して以後の歌二首

大君は　神にしいませば　赤駒の　腹這ふ田居を　都と成しつ▲

▼藤原宮　奈良盆地南端に天武天皇の末年から造営が始まり、六九四年に持統天皇が浄御原宮から遷る。主要な殿舎が瓦葺きとなった初の宮殿。

「大伴門」の名のみえる木簡(平城宮跡出土木簡)　「大伴門」の名は、平城宮でも使われた。

▼兵政官　天武天皇の代から浄御原令制下にかけての官司で、大宝律令制下の兵部省となる。

▼大君は……しつ　大君は神でいらっしゃるので、赤い馬が泥に足をとられ腹を擦ってしまうような田でも、都に変えてしまわれる。

※なお、和歌は本文・振り仮名を旧仮名遣いとした(以下同じ)。

大伴氏系図

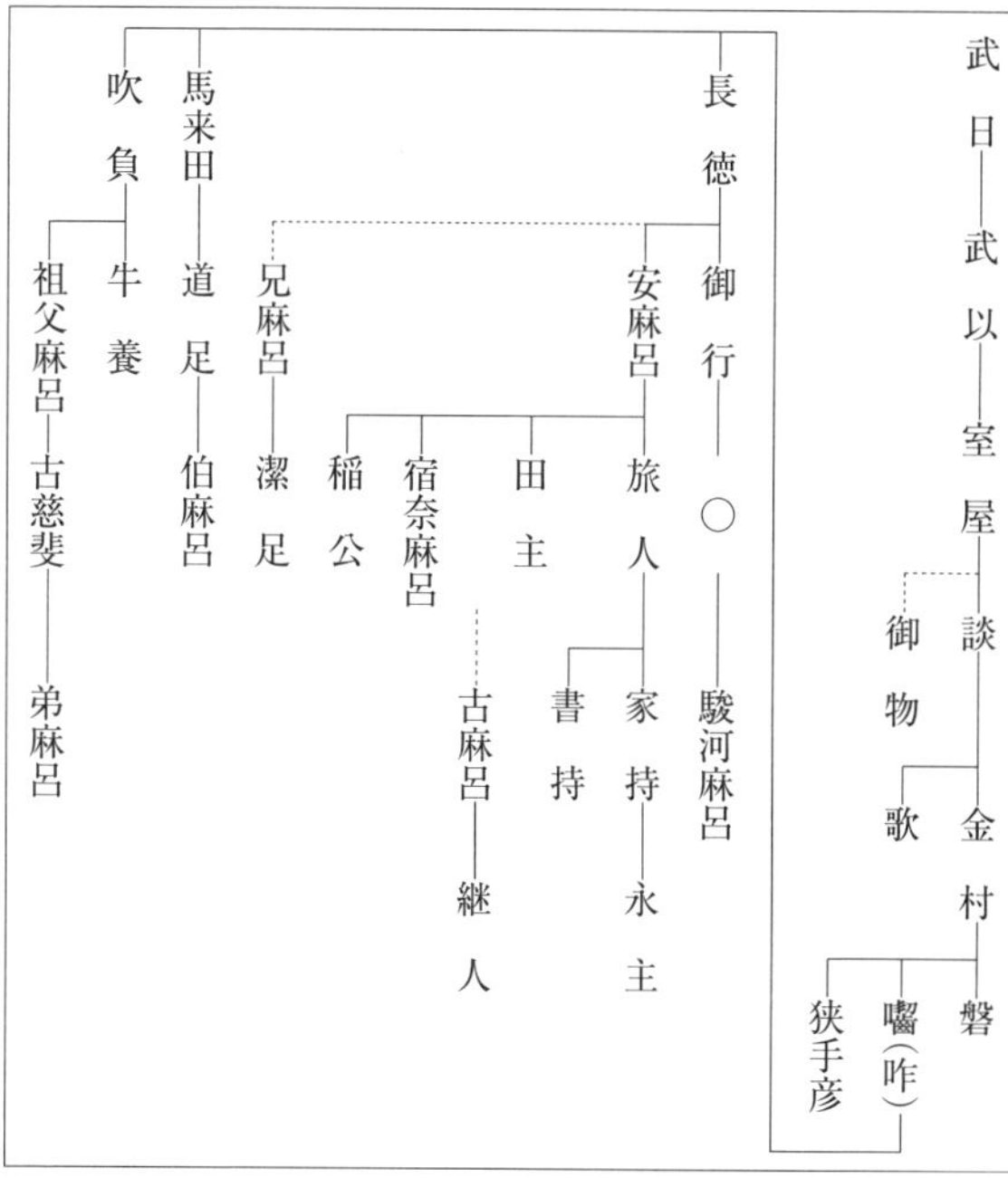

※古麻呂の父は不詳。ただし家持と古麻呂は従兄弟の関係にある。

宮城十二門の門号

（『藤原宮』〈飛鳥資料館図録第一三冊、一九八四年〉をもとに一部改変）　宮城外側＝藤原宮の門名、宮城内側＝外：『弘仁式』、中：『貞観式』、内：『延喜式』。

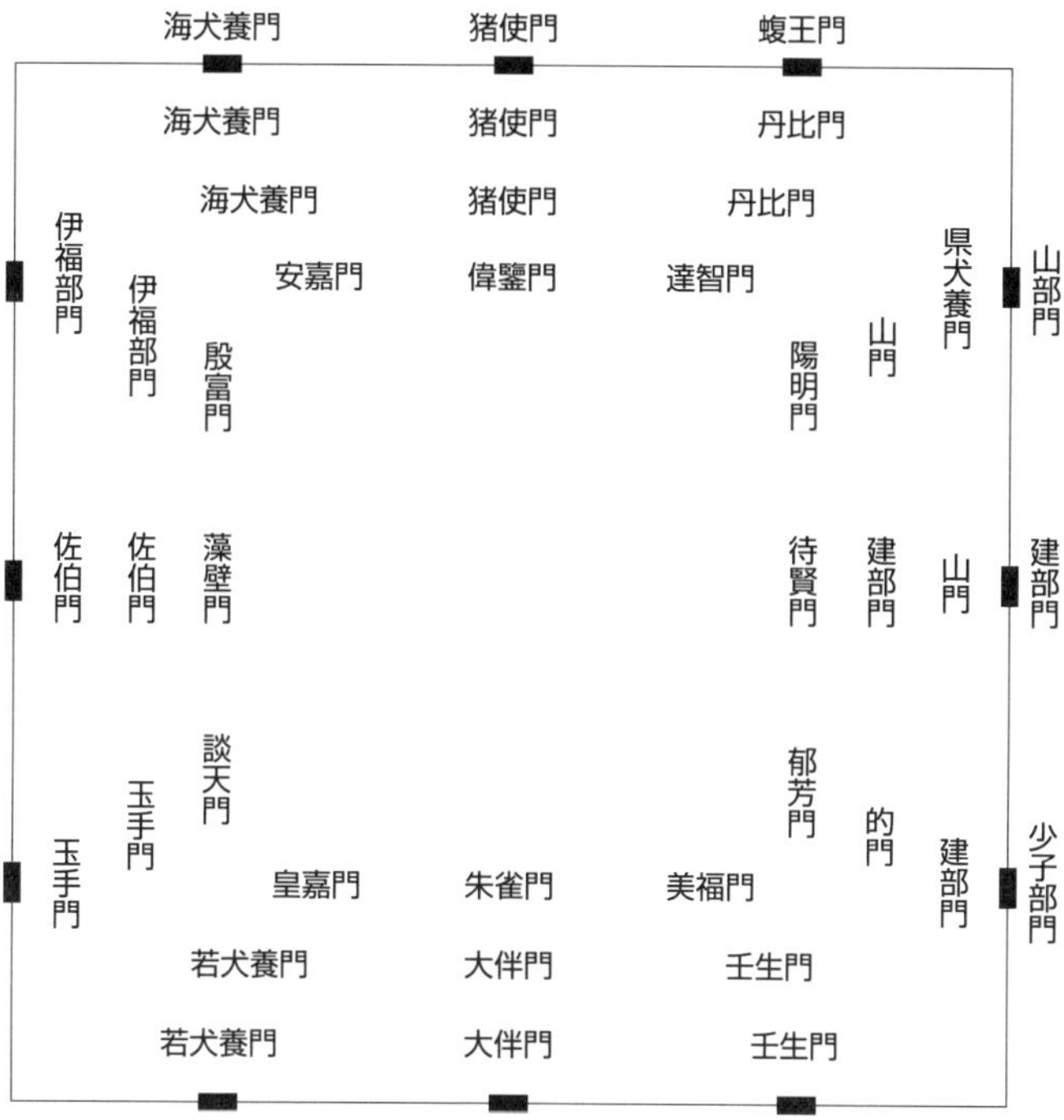

右の一首は、大将軍贈右大臣大伴卿の作なり。

（二首目略）

作者の「大将軍贈右大臣大伴卿」は御行、歌中の「大君」は天武天皇である。藤原宮造営は天武天皇晩年の六八〇年代後半に始まったと考えられ、その造営を始めた天皇をたたえていて、天皇への強い臣従を感じさせる。

六八四年には八色の姓▲が定められ、これまでの体系とは異なる姓の制度が実施された。それまでの大伴連氏の一族には宿禰の姓があたえられ、大伴宿禰氏となった。たとえば、それまでの大伴連御行という名乗りは、大伴宿禰御行となったのである。翌年には冠位制も改訂され、さらに天武天皇のもとで編纂されていた飛鳥浄御原令▲が天皇崩御後の六八九年に施行されるなど、さまざまな制度が整備されていった。

御行は六九四年に氏上▲となった。持統天皇▲から文武天皇▲の時代にかけては、それぞれ伝統をもつ多治比・布施(阿倍)・大伴・石上(物部)・藤原(中臣)・紀の各氏の代表のなかから議政官がでた。御行も氏上として大伴氏を代表する立場になったのである。政治の場で氏族という単位が意味を持つ時代だった。

▼八色の姓　六八四年、各氏族に対して、天皇に近い順に真人・朝臣・宿禰・忌寸・道師・臣・連・稲置の姓とした。

▼飛鳥浄御原令　天武天皇の代に編纂を始め、六八九年に施行。律は未編纂とする説が有力。

▼氏上　各氏族の中心となる者。六六四年に大氏・小氏の氏上を定めた。

▼持統天皇　六四五〜七〇二。即位前は鸕野讃良皇女。天智天皇皇女で大海人皇子の室となり、大海人即位後は皇后。天武天皇崩御後六九〇年に即位。六九七年に譲位し、大宝二(七〇二)年に崩御。

▼文武天皇　六八三〜七〇七。即位前は軽皇子。草壁皇子の子。藤原不比等の娘宮子を夫人とし、首皇子(聖武天皇)が生まれる。

御行が亡くなった七〇一年正月の前後には大宝律令の編纂が進んでいたが、御行が編纂に直接かかわった形跡はない。編纂主導者の藤原不比等とは対照的だが、同時並行で準備された三月の「大宝」元号制定には深くかかわった可能性が高い。「大宝」は日本で最初の元号で、表面上は対馬島からの産金を契機とし、産金を報告した冶金技術者三田五瀬を対馬に派遣したのが御行だった。『続日本紀』では、のちに産金報告の虚偽が発覚し、御行が五瀬にあざむかれたと記される。しかし、産金報告による元号制定までの手続きは、律令の編纂と並行して周到に準備されていた可能性が高い。新律令にあわせて最初の元号を定める必要があり、そのきっかけのために産金の虚偽報告を政府が意図的に画策した可能性がある。御行の関与は明記されてはいないが、今後検討を要する問題である。

御行の没後に大伴氏の中心となったのは、浄御原令制下の議政官として中納言までのぼっていた弟の安麻呂だった。大宝元(七〇一)年三月、浄御原令制の中納言は廃止され、四人の元中納言のうち三人が大宝令制の大納言にのぼったが、安麻呂だけは大納言になれなかった。しかし、翌大宝二(七〇二)年正月に

▶**大宝律令**　八世紀初頭に唐律令を本格的に模して定めた律令。令は大宝元(七〇一)年、律は同二(七〇二)年に施行。

▶**藤原不比等**　六五九〜七二〇。持統天皇の代から活躍し大宝・養老律令編纂の中心。右大臣にのぼる。娘の宮子は文武天皇夫人、光明子は聖武天皇の皇后となる。

「大宝元年」と記した木簡(藤原京跡出土木簡)

▶**中納言**　太政官の議政官で、浄御原令制にはあったが大宝令制で廃止。慶雲二(七〇五)年に再設置し、定員三人とされた。

▶**大納言**　太政官の議政官で右大臣につぎ、大宝令制では定員四人。慶雲二(七〇五)年の中納言再設置の際に、定員を二人に削減。

式部卿、六月に兵部卿となり、高い評価は続いている。この間の五月には朝政に参議することになり、その後欠員のでた大納言へ慶雲二(七〇五)年八月に任じられた。和銅三(七一〇)年の平城京遷都前後には、知太政官事穂積親王、左大臣石上麻呂、右大臣藤原不比等に次ぐ地位にあった。御行と安麻呂の時代に、大伴氏は有力貴族の地位を確立したのである。和銅三年の元日朝賀では、安麻呂の嫡子旅人が左将軍、佐伯石湯が右将軍として、騎兵を率い朱雀大路を進んだ。大伴・佐伯両氏が先頭となって宮廷を護る、「氏族伝承」の姿を象徴する役割である。武門の家柄としての大伴氏の位置付けは、いよいよ鮮明に共有されていた。

『万葉集』では安麻呂を「佐保大納言卿」と記す(巻4―649)。平城京遷都をきっかけに平城京北東の佐保の地にあらたに邸宅を持ったのだろう。兄の御行は「高市大卿」と呼ばれており、藤原京周辺の高市に邸宅があったと考えられる。佐保には、藤原不比等没後に首班となった長屋王も、京内の邸宅とは別の邸宅を営んでいた。安麻呂の佐保の邸宅は、子孫へと受け継がれていく。のちに、伴寺と呼ばれた寺院が平城京北東の奈良坂付近にあったことが知られる。おそ

▼**式部卿**　式部省の長官。

▼**兵部卿**　兵部省の長官。

▼**知太政官事**　奈良時代前半におかれた令外の官。持統太上天皇崩御後からおかれ、皇親を任じた。

▼**穂積親王**　?～七一五。天武天皇の皇子。慶雲二(七〇五)年から薨去時まで知太政官事。

▼**石上麻呂**　六四〇～七一七。和銅元(七〇八)年に左大臣。

▼**大伴旅人**　六六五～七三一。安麻呂の子、家持の父。歌人としても『万葉集』に多く歌を残す。

▼**佐保**　平城京北東の山麓付近。平城京へと佐保川が流れる。

▼**高市**　奈良盆地南端の地。飛鳥地域や藤原京は高市郡に属す。

▼**長屋王**　?～七二九。高市皇子の子、吉備内親王を室とし、左大臣にのぼるが、神亀六(七二九)年に謀反を讒言され自害。

らく、大伴氏一族の氏寺として佐保の邸宅の近くに建立(こんりゅう)されたのだろう。この寺院は正式名称を永隆寺(えいりゅうじ)といい、やがて東大寺(とうだいじ)の末寺となったが、その後廃寺となり、現在は墓所だけが「伴墓」(カバー裏写真参照)として伝えられている。

さらに、『万葉集』のなかには、大伴氏が経営していた跡見庄(とみのしょう)▲・竹田庄(たけだ)▲などが知られ(巻4―723、巻8―1549・1619など)、飛鳥や藤原京の周辺に氏(うじ)として田地を持っていたらしい。長屋王家の場合も、同様に奈良盆地周縁や大阪平野に御田(みた)・御(み)薗(その)▲と呼ばれる領地を複数持っていたことがわかっており、飛鳥に貴族たちの拠点があった時代に形成された畿内(きない)の田地は、平城京遷都後も各氏族によって維持された。貴族たちの家の活動は、都(みやこ)のなかだけでなく郊外にも展開していた。

父大伴旅人と家持

和銅七(七一四)年五月に安麻呂が亡くなり、嫡子旅人が大伴氏の中心となった。旅人も藤原不比等政権で有力な地位に就き、養老(ようろう)二(七一八)年三月に中納言となり議政官に加わった。家持が誕生したのはこのころのことである。

家持の誕生年については大きく分けて二とおりの説がある。宝亀(ほうき)十一(七八

▼**跡見庄** 大伴氏の領地で大和国城上(しきのかみ)郡に所在。稲公の所有とも伝えられる。現在の奈良県桜(さくら)井(い)市外山(とび)が有力比定地。

▼**竹田庄** 大伴氏の領地で大和国十市(とおち)郡に所在。現在の奈良県橿原市東竹田町付近が有力比定地。

▼**御田・御薗** 天皇や貴族の所有する田地や薗(菜園)。

○)年に家持が参議となり公卿に加わるが、『公卿補任』の同年の記載には「天平元年己巳生」とみえる。しかし、翌天応元(七八一)年の記載では家持の年齢が「六十四」とあり矛盾する。天平元(七二九)年生まれなら天応元年に五三歳であり、天応元年に六四歳として逆算すれば養老二年生まれとなる。系図史料でも、『大伴系図』は養老二年生まれ、『伴氏系図』は天平元年生まれとしている。しかし、『万葉集』には天平五(七三三)年に女性に恋した歌があり、同十(七三八)年には内舎人としてみえ、同十八(七四六)年には越中守となっていて、天平元年生まれでは年齢がそぐわない。現在は養老二年生まれとする説がもっとも支持されている。養老二年に父の旅人は五四歳だったが、妻の大伴郎女とのあいだには子がなかった。家持の実母の名は知られないが、養老二年をそれほどさかのぼらない時期に旅人の妾となったのだろう。家持は旅人の最初の子であった。

養老四(七二〇)年三月、南九州で起きた隼人の反乱を制圧するため、旅人は征隼人持節大将として派遣された。六月にはほぼ鎮圧されたようである。しかし、八月三日に議政官最上位の右大臣藤原不比等が亡くなると、副将軍を現地

▼**『公卿補任』**　歴代の公卿を網羅し、年別に書き上げた記録。成立時期・著者ともに不明。

▼**『大伴系図』**　『続群書類従』所収。古麻呂を長徳の子とするなど、信用しがたい。

▼**『伴氏系図』**　『続群書類従』に四種を所収。家持の子を古麻呂や国通とするなど、信用しがたい。

▼**内舎人**　大宝律令制ではじめて中務省に設置。文官だが帯刀して雑使や宿衛を行う。当初は高級官人の見習い的性格を持っていた。

▼**隼人・蝦夷**　南九州で政府支配下に服属していない人びとを七世紀末ごろからさす呼称が隼人。東北地方の同様な人びとの呼称が蝦夷。

▼**陸奥按察使**　按察使は養老三(七一九)年有力国守に周辺国を管轄させた制度。陸奥按察使は陸奥・出羽・石城・石背を管轄。

にとどめたまま旅人は都へ呼び戻された。後継の長屋王首班体制下で、九月には東北で蝦夷の反乱が起き陸奥按察使が殺害された。今度は多治比氏や阿倍氏が将軍として派遣されたが、旅人は中央を離れず、養老五(七二一)年正月には従三位を授けられた。隼人鎮圧の功績だけでなく、中央に必要な人材としての評価があったのだろう。

養老八(七二四)年二月に元正天皇が譲位し、聖武天皇が即位して神亀と改元された。神亀四(七二七)年閏九月には聖武天皇と光明子のあいだに皇子が誕生し、生後わずか三三日で皇太子に立てられた。

神亀五(七二八)年ないし前年の末ごろ、旅人は大宰帥となり九州に赴いた。大宰府は対外的軍事拠点でもあり、旅人の功績からみても的はずれな人選ではない。旅人の父安麻呂も大宰帥の経歴があった。しかし、人事を掌握する式部卿には中納言藤原武智麻呂の弟宇合が神亀元年から就いており、この任官は政変への布石として武智麻呂らが仕組んだ可能性が高い。旅人は正妻の大伴郎女をともなって赴任したが、神亀五年六月に彼女は病のため大宰府で亡くなってしまった。旅人が悲嘆に暮れていたその三カ月後、都では皇太子が夭折した。

▼**元正天皇**　六八〇〜七四八。即位前は氷高内親王。草壁皇子と元明天皇の娘。霊亀元(七一五)年即位。神亀元(七二四)年に譲位。天平二十(七四八)年に崩御。

▼**聖武天皇**　七〇一〜七五六。即位前は首親王。文武天皇と藤原宮子の子。天平勝宝元(七四九)年、娘の孝謙天皇に譲位。天平勝宝八(七五六)歳に崩御。

▼**光明子**　七〇一〜七六〇。安宿媛とも。藤原不比等と県犬養三千代の娘。聖武天皇に嫁し、天平元(七二九)年、皇親以外ではじめての皇后。聖武天皇譲位後に皇太后。天平宝字四(七六〇)年崩御。

▼**大宰帥**　大宰府の長官。

▼**藤原武智麻呂**　六八〇〜七三七。不比等の長男。南家の祖。長屋王の変後に実権を握る。

▼**藤原宇合**　六九四〜七三七。不比等の三男。式家の祖。天平三(七三一)年に参議。

長屋王邸宅の復原模型

▼藤原仲麻呂　七〇六〜七六四。武智麻呂の子。豊成の弟。天平勝宝元(七四九)年、紫微令として実権を握り、天平宝字二(七五八)年、藤原恵美朝臣押勝の姓名をあたえられるが、同八(七六四)年に反乱を起こし誅殺された。

▼山上憶良　六六〇〜七三三?。万葉歌人として著名。大宝二(七〇二)年に遣唐使として渡唐。大伴旅人の大宰帥時代には、筑前守として赴任し交流。

神亀六(七二九)年二月、長屋王の変が起きた。左大臣長屋王が謀反を企てたと密告され、邸宅を包囲されて自害したのである。のちに誣告と明らかになったように、武智麻呂らが長屋王をおとしいれたのだろう。翌月、武智麻呂は旅人をぬいて先に大納言に昇任した。八月には天平と改元され、武智麻呂の妹で聖武天皇夫人となっていた光明子が皇后に立てられる。立后を命じた聖武天皇の勅は、言い訳に終始して歯切れが悪かった。それまで長らく、皇后の地位には皇女しか就いていない。慣例を破って臣下の藤原氏が皇后の地位を得たことは、画期的だった。武智麻呂たち四兄弟には皇后の権威を利用する道が開けたが、むしろ次の世代の仲麻呂▲によって、やがて光明皇后(さらに皇太后として)の権威が最大に利用されていく。

歌人としても優れた旅人は、激動する中央から離れた大宰府で九州諸国の官人らと交流し、さながら和歌サロンの様相を呈していた。いわゆる筑紫歌壇である。なかでも、天平二(七三〇)年正月に旅人の大宰府の自邸で開かれた梅花の宴には、三二人もの参加者が知られる。そのなかには、筑前守だった山上憶良▲や造観世音寺別当の満誓▲など、後世名の知られた才人たちも含まれていた。

天平二年六月、旅人は足の病を発して重体となり、遺言を伝えるため都から弟の稲公▲と甥の古麻呂▲を呼びよせた。幸いに数十日ののちに体調は好転し、稲公らは都に戻ることとなったが、それを大宰府で見送ったなかに家持がいた。

家持は旅人赴任の際に同行したとする見方が主流だが、旅人が重病となったときに稲公と古麻呂に従って下向したとする見解もある。いずれにせよ、家持は筑紫歌壇の世界にふれることで、多感な時期に父の周囲から大きな影響を受けた。

旅人は天平二年末に大納言に任じられて都に戻り、翌三(七三一)年正月には従二位に叙せられたが、その年の七月に亡くなった。家持は父とともに都に戻ったが、半年ほどののちに死別することになった。まだ一四歳。武門の家柄の後継者として、これから多くの経験を積まねばならない途上にあった。

▼**満誓**　生没年不詳。俗名は笠麻呂。美濃守として行政手腕をたたえられた。養老五(七二一)年元明太上天皇の病に際して出家し、筑紫観世音寺の建立に尽力した。

▼**大伴稲公**　生没年不詳。安麻呂の子、旅人の弟。

▼**大伴古麻呂**　?〜七五七。父親は不詳だが家持の従兄弟。天平勝宝四(七五二)年遣唐副使で渡唐。唐での元日朝賀で新羅と席次を交換させ、鑑真を遣唐使第二船に乗せて帰国。橘奈良麻呂の変に与し、拷問中に亡くなる。

②―内舎人と貴族社会

世代交代の波

　長屋王の変後、大臣は不在、大納言も多治比池守▲一人となったため、一カ月もたたないうちに、中納言藤原武智麻呂が大納言に昇任した。彼は旅人よりも遅れて中納言になったのだが、大納言への昇任では旅人をぬいたことになる。多治比池守は天平二(七三〇)年九月に亡くなり、その年の末から翌三(七三一)年初めごろに大伴旅人が大納言に昇任したが、彼も三年七月に亡くなった。議政官組織は、大臣不在で大納言武智麻呂と参議房前▲のみという異例の事態となった。

　そこで官人たちに推挙させて、式部卿藤原宇合・民部卿多治比県守▲・兵部卿藤原麻呂▲・大蔵卿鈴鹿王▲・左大弁葛城王▲・右大弁大伴道足▲が参議に加わることとなった。宇合と麻呂は武智麻呂・房前の弟であり、これで藤原不比等の息子四人が同時に議政官となった。大伴氏からも道足が加わったが、もはや有力氏族から一人ずつ議政官をだす体制ではなく、藤原氏を母に持つ天皇と藤

▼**多治比池守**　?～七三〇。島の子。養老元(七一七)年、善政により褒賞。その後大納言にのぼる。

▼**藤原房前**　六八一～七三七。不比等の二男。北家の祖。養老元(七一七)年、朝政に参議。元明太上天皇危篤の際、内臣となる。没後に太政大臣を追贈。

▼**多治比県守**　六六八～七三七。島の子。池守の弟。養老元(七一七)年に遣唐押使として渡唐。

▼**藤原麻呂**　六九五～七三七。不比等の四男。京家の祖。天平三(七三一)年参議。

▼**鈴鹿王**　?～七四五。長屋王の弟。天平九(七三七)年に知太政官事に任じられる。

▼**葛城王(橘諸兄)**　六八四～七五七。美努王と県犬養三千代の子。天平九(七三七)年太政官の首班となり政界を主導。天平勝宝七(七五五)年に致仕した。

原氏出身の皇后を、藤原四兄弟が支える構図となった。四兄弟はそれぞれ三位にのぼって「家」を持った（武智麻呂の南家、房前の北家、宇合の式家、麻呂の京家）。

大伴旅人は亡くなった際には従二位で、彼も「家」を持っていた。旅人の嫡子である家持は、位階の上では父の家政機関をそのまま保持する資格をまだ持たないが、実際には旅人の「家」を私的に継承しただろう。旅人の資人▲のなかに百済出身氏族の余明軍▲がいたことや、新羅から渡来した尼の理願▲が邸宅に寄住していたことも知られ、百済や新羅の出身者もかかわっていたらしい。

旅人の没後、親族として家持に影響をあたえたのは、旅人の異母妹大伴坂上郎女▲だった。天平五（七三三）年十一月に氏神をまつった際の歌（巻3―379・380）や、親族と宴した際の歌（巻6―995）が知られる。彼女は若いころ穂積親王の妻だったが、親王没後に藤原麻呂と相聞歌▲を贈答する間柄となり、やがて旅人の弟大伴宿奈麻呂▲の妻となって二人の娘を生んだ。その一人はのちに家持の妻となった坂上大嬢▲である。家持は天平五年春に坂上大嬢と歌を贈答している。一四歳で父を亡くしたあと、一族を盛り立てた叔母のもとで、従兄妹との恋をはぐくんだ。

▼**大伴道足**　？〜七四一？。父は馬来田。伯麻呂の父。
▼**資人**　公的に供与された従者。五位以上への位分資人と、中納言以上への職分資人がある。
▼**余明軍**　生没年不詳。旅人の資人。余氏は百済系渡来人の氏姓。
▼**理願**　？〜七三五。新羅人の帰化尼。大伴安麻呂家に寄住し、亡くなるまで滞在した。
▼**大伴坂上郎女**　生没年不詳。安麻呂の娘。大伴宿奈麻呂とのあいだに坂上大嬢・坂上二嬢を生み、旅人の没後、大伴氏を切盛りした。
▼**相聞歌**　『万葉集』の部立の一つ。個人間の私的心情を述べる歌で、男女間の恋の歌が多い。
▼**大伴宿奈麻呂**　生没年不詳。安麻呂の子。旅人の弟。
▼**大伴坂上大嬢**　生没年不詳。家持の妻。大伴宿奈麻呂と大伴坂上郎女の娘。

天平五年正月には、長年にわたって後宮の女官としてつとめ、藤原不比等の妻となって光明子を産んだ県犬養三千代▲が亡くなった。不比等と三千代がいなくなり、いよいよその次の世代によって政治が動かされる時代となった。

筑紫歌壇で旅人と親交を結んだ山上憶良も、このころ都に戻っていた。天平三年から四(七三一～七三二)年ごろ「貧窮問答歌▲」(巻5—892・893)をよんでいるが、その前後に筑前守の任を離れ帰京したらしい。天平五年六月ごろには病に伏しつつ「沈痾自哀文」(巻5)、「老身に病を重ね、年を経て辛苦して、児等を思ふに及びし歌」(巻5—897～903)を残している。藤原房前の子の八束▲が見舞い人をつかわしたのに対し、「ここに於て、憶良臣報へ語ること已に畢はり、頃有りて、涕を拭ひて悲しみ嘆きてこの歌を口吟せし」と、次の歌を残した(巻6—978)。

士やも　空しくあるべき　万代に　語り継ぐべき　名は立てずして▲

みずからは立てるべき名を残さなかったと語り、この年のうちに七四歳で亡くなったようである。家持と八束が慕った憶良の歌は、おそらく家持の手によって『万葉集』に残された。家持が歌において大きな影響を受けた人物だった。

▼**県犬養三千代**　?～七三三。宮廷女官。美努王とのあいだに葛城王・佐為王・牟漏女王、藤原不比等とのあいだに光明子を生む。和銅元(七〇八)年県犬養橘宿禰姓を賜与。

▼**貧窮問答歌**　『万葉集』に知られる山上憶良の長歌およびその反歌。貧しい農民と過酷な徴税を行う里長の姿をうたうが、実際の見聞よりも中国的詩文の影響を受けたものとする見方が有力。

▼**藤原八束(藤原真楯)**　七一五～七六六。北家房前の子。天平宝字四(七六〇)年真楯の名を賜わる。若いころ従兄仲麻呂に才をねたまれていたという。

▼**士やも……して**　男ともあろうものを、無為に人生をおえてよいことがあろうか。後世ながく語り継いでもらえるほどの名のある業績を残さないままで。

天平六(七三四)年正月、太政官筆頭の藤原武智麻呂はついに右大臣にのぼった。今度は大納言不在で中納言に多治比県守が一人、そして参議に武智麻呂の弟の房前・宇合・麻呂と、鈴鹿王・葛城王・大伴道足ということになり、名実ともに武智麻呂主導の時代を迎えた。

このころの家持の居所を、佐保にいた叔母の坂上郎女は「西宅」と呼んでいる(巻6―979)。佐保よりも西の平城宮北方の辺りにあったとする見方が有力である。そしてこのころ、家持は盛んに恋をしていた。さきにふれたように天平五年ごろ大伴坂上大嬢と歌の贈答があったが、笠女郎▲とのあいだにも贈答が知られる。その後、坂上大嬢とのやりとりは六年間ほどとだえたが、その前後には何人かの女性から贈られた歌が『万葉集』に知られる。山口女王・大神女郎・河内百枝娘子・粟田女娘子・中臣女郎のほか、家持の答えた歌も残されたのが巫部麻蘇娘子・日置長枝娘子・紀女郎である。女王や名門貴族の紀氏のような家柄だけでなく、中下級官人を輩出した巫部氏や日置氏など多彩である。十代後半の若者らしく恋に夢中になっていたのかもしれない。

▼**笠女郎**　生没年不詳。『万葉集』に家持との贈答歌をおさめる。天平五〜六(七三三〜七三四)年ごろ、家持と関係が深かったらしい。

疫病流行の猛威

天平七(七三五)年四月、遣唐使の帰還に随い、入唐留学していた下道真備や玄昉が、中国文明の最前線を伝えるべく多くのものを持ち帰った。しかし、この年、大陸からはめでたくないものも伝わった。秋には九州で疫病が大流行し、皇親の重鎮だった新田部親王と舎人親王があいついで亡くなったこともあってか、閏十一月には疫病をしずめるために大赦が行われた。『続日本紀』はこの年に「夏から冬に至るまで、天下の人びとが豌豆瘡(俗に裳瘡という)を患い、夭死する者が多かった」と記す。「豌豆瘡」は天然痘とみる説が主流である。

翌天平八(七三六)年になっても疫病の猛威は続き、七月には元正太上天皇も病に苦しんだ。この年の十一月、葛城王と佐為王の兄弟は、聖武天皇に上表して、諸王の身分から離れて、母の県犬養三千代があたえられた橘の姓を受け継ぐことを申請し、認められた。貴族の家柄としての橘氏が、ここに誕生したのである。しかし、弟の橘佐為は翌年八月に亡くなっている。

天平九(七三七)年になっても疫病の猛威はおさまらず、それは新羅でも同様だったらしい。前年四月に送られた遣新羅大使の阿倍継麻呂は帰路の対馬島で

▼**下道真備(吉備真備)**　六九五?～七七五。養老元(七一七)年入唐留学し、天平七(七三五)年帰国。同十三(七四一)年、皇太子阿倍内親王の東宮学士。同十八(七四六)年に吉備朝臣の氏姓を賜わる。天平勝宝四(七五二)年遣唐副使として再度入唐。天平神護二(七六六)年に右大臣となる。宝亀二(七七一)年に致仕。

▼**玄昉**　?～七四六。養老元(七一七)年に入唐留学。天平七(七三五)年、経論五〇〇〇余巻を携え帰国。天平九(七三七)年僧正となり、内道場で藤原宮子を看病し功があった。大仏造営に協力的でなかったようで、天平十七(七四五)年、筑紫観世音寺に左遷。

▼**新田部親王**　?～七三五。天武天皇の子。藤原不比等薨去直後に知五衛及授刀舎人事。

▼**舎人親王**　六七六～七三五。天武天皇の子。淳仁天皇の父。『日本書紀』完成時の責任者。藤原

亡くなった。無事だった使者たちは一月に帰還したが、副使大伴三中は発病して都に入れず二カ月遅れて帰還した。疫病はその後都で流行し、四月に参議藤原房前、六月に中納言多治比県守、七月に参議藤原麻呂、右大臣藤原武智麻呂、八月には参議藤原宇合があいついで亡くなる。こうして、議政官八人のうちわずか五カ月で五人が亡くなり、半数以下の参議三人のみとなってしまった。やむなく三人のうち橘諸兄が中納言を飛ばして大納言に昇格し、鈴鹿王は知太政官事となった。もう一人の大伴道足の動向は不明だが、『公卿補任』は参議にとどまったと伝える。藤原四兄弟を失った聖武天皇と光明皇后は、皇后の異父兄で不比等の娘を妻とする諸兄を頼りとしたのだった。諸兄は翌天平十(七三八)年正月に右大臣となり、この年、多治比広成▲が中納言、武智麻呂の長男豊成▲が参議となる。

内舎人と東国行幸、恭仁遷都

『万葉集』によると、天平十(七三八)年十月、平城山に近い橘諸兄の邸宅で、彼の息子の奈良麻呂▲が宴を開いた(巻8―1581～1591)。参加して歌を残した面々は、

不比等薨去直後に知太政官事。

▼**佐為王(橘佐為)**　?～七三七。葛城王(橘諸兄)の弟。娘の古可那智は聖武天皇の室。養老五(七二一)年、退庁後に首親王に侍するよう命じられる。天平八(七三六)年、母の県犬養橘三千代の姓を継ぎ、橘宿禰となる。

▼**多治比広成**　?～七三九。島の子。丹墀広成とも。天平五(七三三)年遣唐大使として入唐。帰国後、参議、中納言にのぼる。

▼**藤原豊成**　七〇四～七六五。武智麻呂の子。仲麻呂の兄。左大臣にのぼるが、天平宝字元(七五七)年橘奈良麻呂の変で失脚。仲麻呂没後に、右大臣に復した。

▼**橘奈良麻呂**　七二一?～七五七。諸兄の子。母は藤原不比等の娘多比能。仲麻呂排除をたびたび計略し、天平勝宝九(七五七)歳に密告のため逮捕され、誅されたとされる(橘奈良麻呂の変)。

▼**県犬養吉男**　生没年不詳。天平勝宝四(七五二)年大仏開眼会に玄蕃助で奉仕。のち地方官を歴任。

▼**大伴書持**　?〜七四六。旅人の子。家持の弟。草木の花を愛で、邸宅の庭に多く植えたという。

▼**大伴池主**　生没年不詳。家持と歌をとおして交流が多い。橘奈良麻呂の変で捕えられ、その後不明。

橘奈良麻呂・久米女王・長忌寸娘・内舎人県犬養吉男▲・県犬養持男・大伴書持▲・三手代人名・秦許遍麻呂・大伴池主▲・内舎人大伴家持である。家持はこの年には二一歳であり、内舎人となって数年をへたとみられている。舎人は律令制以前に始まり、豪族の子弟が大王に奉仕する制度だったが、律令制下にも受け継がれ、いくつかに分化した。そのなかで内舎人は大宝令制ではじめて設けられた、高級貴族の子弟が任じられるエリートコースである。天皇に近侍して夜警を担当し、天皇が派遣する使者をつとめたり、行幸時に天皇の乗り物の前後を護衛する。

橘奈良麻呂の宴には、同じ内舎人の県犬養吉男や家持の弟である書持も参加している。県犬養氏は奈良麻呂の祖母の一族であり、持男は吉男の兄弟であろうか。若者たちが集まってすぎゆく紅葉を楽しむ夜宴だったのだろう。右大臣となった諸兄の周辺に、聖武天皇を護衛する内舎人を含めて仲間内の集まりが形成され、家持も弟とともに加わっていったのだった。

翌天平十一(七三九)年、家持にとって悲しい出来事があった。『万葉集』は六月に家持がよんだ「亡妾」を悼む歌を一二首載せる(巻3―462・464〜474)。家持の

「妾」の名は明記されていないが、名の伏せられたこの女性は、家持とのあいだに生まれた嬰児を残して亡くなり、佐保山にほうむられた。こののち、家持は従姉妹である坂上大嬢とふたたび相聞歌を取り交わす仲になる。六年ほどのあいだをおいて、もともと親しかった間柄の女性に妻問いを繰り返すようになったのであった。

橘諸兄は聖武天皇に信頼され、密接な関係を築いた。天平十二(七四〇)年五月には、山背国相楽郡▲にあった諸兄の別業(=別荘)に天皇を招いている。天皇は、この際に木津川沿いの山背国南部の光景に親しみを覚えたのであろうか。そののちに遷都の動きが始まる。

そのころ、亡くなった藤原宇合の息子広嗣▲は、親族間で問題を起こしたとして天平十年末に大宰少弐に左遷されていたが、同十二年八月二十九日に大宰府から政治批判をしたためた上表文を天皇に送って玄昉と下道真備の排斥を訴え、九月三日には挙兵した。反乱鎮圧のため、大野東人▲が赴任先の陸奥から呼ばれて大将軍となり、一万七〇〇〇人もの征討軍が派遣された。反乱軍は瓦解し、広嗣は逃亡したが捕えられ処刑された。

▼**相楽郡**　山背国(山城国)南端の郡。現在の京都府木津川市・相楽郡。木津川屈曲点から上流にかけて郡域が広がる。高麗寺が所在するなど、渡来系氏族による開発が盛んだった。

▼**藤原広嗣**　?〜七四〇。天平十(七三八)年に大養徳守から大宰少弐に左遷。天平十二(七四〇)年、政治の得失を指摘する上表文を送り、中央からの返事を待たずに挙兵したが、政府軍に鎮圧された(藤原広嗣の乱)。耽羅に逃れようとして、値嘉島で捕えられ、松浦郡で処刑された。

▼**大野東人**　?〜七四二。壬申の乱で近江朝廷軍の将だった大野果安の子。陸奥国で按察使・鎮守将軍として東北経営に活躍。天平九(七三七)年に陸奥国の色麻柵から出羽国雄勝への連絡路を開削した。

この乱の最中に、聖武天皇は「朕意ふ所有るに縁りて、今月の末暫く関東に往かむ。その時に非ずと雖も、事已むこと能はず。将軍これを知るとも、驚き怪しむべからず」という勅を大将軍大野東人らに送り、東国行幸へ出発した(三九ページ上図参照)。家持は内舎人としてこの東国行幸に従った。十一月三日には広嗣が捕えられた報告が到来し、十一月初旬には美濃国不破頓宮に到着して武装を解き騎兵を平城京へ帰した。しかし、天皇自身は行幸にでたまま平城京には戻らず、十二月十五日には、橘諸兄が準備していた山背国相楽郡恭仁郷に到着し、遷都が実施されて、恭仁京▲の造営が始まる。半月後の天平十三(七四一)年正月には、まだ建設途上の宮殿で元日朝賀▲が行われ、伊勢神宮ほかの神社へ遷都の報告が行われた。二月には、この新都で国分寺・国分尼寺▲創建の勅がだされ、新しい都を中心に全国の安泰を願った。

しかし、貴族たちの対応は緩慢で、依然として平城京にとどまっている者もいたらしい。閏三月十五日には、五位以上の官人に対して、今後は平城京に住むことは許さないと詔し、五位以上の官人の強制招集を命じている。家持は行幸に供奉したまま恭仁に所在することになったが、弟の書持は平城京にいた

▼**恭仁京**　山背国(山城国)相楽郡(現京都府木津川市)にあった。古くは甕原と呼ばれ奈良時代初めには離宮がおかれる。天平十二(七四〇)年聖武天皇が遷都したが、同十六(七四四)年には難波京に都が遷された。鹿背山を挟む東西に左京と右京が分かれている。

▼**朝賀**　正月一日に天皇が官人や外国使節から拝賀を受ける儀式。年頭にあたり、官人が奉仕し異民族が服属を誓う意味合いがある。

▼**国分寺・国分尼寺**　天平十三(七四一)年の詔で国ごとにおかれた寺院の総称。正式名称は国分寺が「金光明四天王護国之寺」、国分尼寺が「法華滅罪之寺」。国分寺には僧二〇人、国分尼寺には尼一〇人がおかれた。

ようで、四月二日に家持に歌を送った。

橘は　常花（とこはな）にもが　ほととぎす　住むと来鳴（きな）かば　聞かぬ日なけむ▲

（巻17―3909、このほかにもう一首あり）

橘が常に咲く花であってほしいとよんだのは、諸兄に対する思いをかけたものであろうか。これに対して、家持は恭仁京から四月三日に次のように返した。

あしひきの　山辺（やまへ）にをれば　ほととぎす　木の間（こま）立ち潜（く）き

鳴かぬ日はなし▲

（巻17―3911、このほかにもう二首あり）

家持は山辺に居を構えていたのだろう。また、坂上大嬢も平城京にとどまっていたようで、家持は恭仁京から次の歌を贈った（巻8―1632）。

あしひきの　山辺に居（を）りて　秋風の　日に異（け）に吹けば　妹（いも）をしそ思ふ▲

恭仁京滞在中の秋に送ったのだろう。一族が平城京と恭仁京に分かれて居住することになったのは、他の貴族もそうだろう。恭仁京が恒（つね）の都として安定したならいずれは揃って暮らせるはずだが、実際にはなかなかそう展開しなかった。

七月には元正太上天皇も居所を恭仁京に遷し、翌八月末には平城京の市（いち）も新京に遷され、十一月には新しい宮の名が「大養徳恭仁大宮（やまとくにのおおみや）▲」と定められた。こう

▼**橘は……けむ**　橘はいつも咲いている花であってもらいたい。ホトトギスが住み着くつもりで来て鳴いたら、声を聞かない日はないだろう。

▼**あしひきの……なし**　（あしひきの）山辺にいると、ホトトギスが木のあいだをもぐって動きまわり、鳴かない日がないほどだ。

▼**あしひきの……思ふ**　（あしひきの）山辺にいて秋風が日ごとに強く吹くようになり、あなたのことが思われます。

▼**大養徳恭仁大宮**　恭仁宮の美称。この地は山背国（山城国）で、大養徳国（大和国）ではない。この美称の「大養徳」は、日本全体をさす意味の「ヤマト」だろう。

して、天平十三年は、遷都事業に終始した一年となったが、しかし、翌年の正月になっても大極殿は未完成で、朝賀は仮設の殿舎で行われた。

難波遷都と安積親王の死

恭仁京造営中も、聖武天皇は頻繁に行幸を繰り返した。天平十三(七四一)年九月に宇治と山科へ、翌十四(七四二)年二月には恭仁京から紫香楽のある近江国甲賀郡に通じる道を開き、八月末に紫香楽へ行幸した。九月四日には恭仁京に戻るが、年末年始にふたたび紫香楽へ行き、天平十五(七四三)年四月前半にも紫香楽へ、七月末にもまた紫香楽へ行き、今度は甲賀郡の賦課を減じて造営工事負担を緩和し、滞在中の十月十五日に盧舎那仏造立の▲詔を発した。天皇は、天平十二(七四〇)年の難波行幸の際、河内国知識寺▲に立ち寄って盧舎那仏を礼拝し、それ以来盧舎那仏造立の願いを持っていたという。この年に東日本諸国から納入される調庸物品をすべて紫香楽宮▲に運び、造立工事に備えた。十一月初頭に天皇は恭仁宮に戻り、年末には平城宮から移築した恭仁宮大極殿も完成したが、紫香楽での工事のため、恭仁宮造営は停止されることとなった。

▼**盧舎那仏造立の詔**　『続日本紀』天平十五(七四三)年十月辛巳条にみえる。華厳経の理想世界をめざし、民衆の知識を結集しての盧舎那仏造立を望んでいる。

▼**知識寺**　河内国大県郡にあった寺院。

▼**紫香楽宮**　滋賀県甲賀市宮町遺跡とその周辺にあたる。現在「紫香楽宮跡」として史跡指定されているのは甲賀寺跡とみられる。

▼**難波宮**　現在の大阪市中央区所在。二期の遺構があり、前期は七世紀の孝徳天皇期、後期は八世紀の聖武天皇期とする見方が有力。

▼**駅鈴**　駅馬利用のための証明具。内裏の賢所と諸国におかれた。

▼**内印・外印**　内印は「天皇御璽」の印。外印は「太政官印」の印。

その一方で、天平十六(七四四)年正月早々、難波宮行幸の準備に取りかかった。準備にあわただしいなか、閏正月一日には、恭仁京と難波京のどちらを都とすべきか官人たちに意見が求められた。五位以上の者のうち恭仁京を支持したのは二四人、難波京が二三人で拮抗し、六位以下の者では一五七人対一三〇人で恭仁京支持者が多かった。さらに三日後、市の人びとからも意見が集められたが、大多数は恭仁京を支持し、難波京・平城京は各一人しか支持しなかった。

しかし、聖武天皇は難波宮への行幸に出発した。今回は、駅鈴や内印・外印も途中で取りよせ、高御坐や大楯まで難波に運びだし、恭仁京から難波京に移住する希望があればそれを許可するなど、なしくずし的に難波京への遷都が進められた。そのまま一カ月余り難波周辺に滞在した天皇は、二月二十四日にはまた紫香楽宮に行幸してしまう。天皇不在ながら、元正太上天皇と左大臣橘諸兄がとどまっていた難波宮で、二月二十六日に難波を都とする勅がだされた。

遷都をめざした難波行幸には、聖武天皇の息子の安積親王も従ったが、脚の病のために途中で恭仁京に戻った。親王は天皇と県犬養広刀自のあいだに、神亀五(七二八)年に生まれた(八八ページ系図参照)。広刀自は、光明子の母である

▼**高御坐**　即位儀、元日朝賀や節会で天皇が就く玉座。

高御坐(模型)

▼**大楯**　神楯とも。大嘗祭や遷都の際に、宮門に立てる。

▼**安積親王**　七二八〜七四四。天平元(七二九)年以降では聖武天皇の唯一の男子。

▼**県犬養広刀自**　?〜七六二。聖武天皇の夫人。安積親王・井上内親王・不破内親王の母。

県犬養三千代の一族と考えられる。聖武天皇の男子は、光明子とのあいだに神亀四(七二七)年に生まれ翌年亡くなった男子(基王あるいは某王)のほかには、この安積親王のみだった。天平十(七三八)年に阿倍内親王が皇太子に立てられていたが、未婚の女性皇太子に対して、一七歳になった腹違いの弟は、皇位継承をゆるがす存在でもあった。

家持は、前年の天平十五年後半、藤原八束が安積親王を自宅に迎え宴を設けた際に歌をよんだ(巻6―1040)。このころ、八束や市原王ら安積親王を囲むグループがあり、家持はそのなかにいた。八束と家持は山上憶良との関係をとおして親交があっただろう。一方、光明皇后を支える藤原南家の仲麻呂にとって、北家の従兄弟八束が安積親王と親しいことは、あまり好ましくなかっただろう。

安積親王は、病で恭仁京に戻った二日後の閏正月十三日に急逝した。謀殺と考える説があり、ことに恭仁京の留守官であった仲麻呂の関与が疑われてもいるがその明証はない。親王を慕っていた家持の哀しみは大きかった。二月三日に挽歌をよみ、三月二十四日にも次の挽歌をよんだ(巻3―478～480)。

かけまくも　あやに恐し　わが大君　皇子の命　もののふの

▼阿倍内親王(孝謙天皇・称徳天皇)　七一八～七七〇。聖武天皇と光明皇后の女子。天平十(七三八)年立太子し天平勝宝元(七四九)年即位、天平宝字二(七五八)年に淳仁天皇に譲位するが、恵美押勝の乱後の同八(七六四)年に重祚。

▼市原王　生没年不詳。施基皇子の曽孫。造東大寺司などで活躍。

▼挽歌　亡くなった人を悼む歌。『万葉集』に多く載せられる。

▼かけまくも……かも　言葉にするのも恐れ多い。わが大君と慕う安積親王が、数多くの臣下の男たちを集め引きつれて、朝の狩りでは鹿・猪を足音で起こし、夕の狩りでは鶉・雉を足音で飛び立た

八十伴の男を　召し集へ　あどもひたまひ　朝狩に　鹿猪踏み起こし
夕狩に　鶉雉踏み立て　大御馬の　口抑へとめ　御心を　見し明らめし
活道山　木立の茂に　咲く花も　移ろひにけり　世の中は
かくのみならし　ますらをの　心振り起こし　剣大刀　腰に取り佩き
梓弓　靫取り負ひて　天地と　いや遠長に　万代に　かくしもがもと
頼めりし　皇子の御門の　五月蠅なす　騒く舎人は　白たへに
衣取り着て　常なりし　笑まひ振舞　いや日異に　変はらふ見れば
悲しきろかも▲

反歌

愛しきかも　皇子の命の　あり通ひ　見しし活道の　道は荒れにけり▲
大伴の　名に負ふ靫帯びて　万代に　頼みし心　いづくか寄せむ▲

家持が安積親王付きの内舎人だったとする説もあるが、その真偽は不明である。これらの歌には、大伴氏としての伝統を負う自覚がみえ、むずかしい立場にあった親王に対して万代に頼みとしてお仕えしたいという思いがよまれている。大伴氏である自身がどのようにみられており、またどうすれば官人として自身

せ、愛馬の手綱を控えながめては心を晴らされた活道山の木も茂り、花もすっかり変わってしまった。世の中はこのように無常であるらしい。ますらおの心を奮い立たせ、剣や太刀を腰につけ、梓弓を持ち靫を背負い、天地とともに永遠に万代までこうあってほしいとお頼み申し上げた親王の邸宅で、にぎやかに騒いでいた舎人たちは、まっ白な喪服を着て、いつも絶えることのなかった舎人たちの笑顔や振舞いが日々変わっていくのをみると悲しいことである。

▼**愛しきかも……けり**　ああ、悲しいことである。安積親王がつねにかよってご覧になっていた活道へ向かう道はすっかり荒れ果ててしまった。

▼**大伴の……せむ**　大伴の名前に由来する靫を身につけて万代までもお仕えしたいとお頼み申し上げていた私の心を、いったいどこへよせたらよいのだろうか。

を活かしうるのかを、内舎人の立場のうちにも考えざるをえなかったのだろう。

　安積親王が亡くなって三カ月後の四月五日、家持は独りで平城京の旧宅に戻っていた。平城京に戻ったのがどのような理由によるのかはわからないが、独り哀しみを味わい、連作の歌の最後に次のようによんだ(巻17―3921)。

　かきつはた　衣に摺り付け　ますらをの　着襲ひ狩する　月は来にけり▲

　他の貴族たちとともに端午の薬狩りにでる五月五日が近づいてきた。二七歳になり、若者として貴族社会に入っていく立場の家持にとって、いつまでも哀しみにひたっているだけではいけないのだろう。そうした家持の心情がうかがわれる。

紫香楽宮と家持の五位昇叙

　天平十六(七四四)年四月、紫香楽宮北西の山で山火事が起き、数千人が動員されて山林を伐採し延焼を防いだ。このような火事はあったものの、同月のうちに公廨銭▲を官司ごとに設けて紫香楽宮造営の財源とし、事業の進展がはかられた。十一月になると、甲賀寺▲で盧舎那仏(大仏)の原型をつくるため体骨柱が

▼**かきつはた……けり**　かきつばたを衣に摺りつけて、男たちが着飾って薬狩りをする月がいよいよやってきた。

▼**公廨銭**　官司に設置した銭で、このときは各官司に一〇〇〇貫ずつ用意された。官司が出挙しその利息を官衙整備の財源とした。

▼**甲賀寺**　紫香楽宮と並行して造営された寺院。滋賀県甲賀市の史跡紫香楽宮跡がこれにあたるとみられる。

立てられ、いよいよ大仏造立工事が始まった。しかし、翌天平十七(七四五)年正月も宮殿(きゅうでん)建物は未完成で、周囲は垣もできておらず、便宜のために帷帳(いちょう)で囲んだ状態だった。

正月七日には大規模な叙位(じょい)が行われ、家持は正六位上(しょうろくいじょう)から従五位下(じゅごいげ)に昇叙された。官人の世界では、六位以下と五位以上とでは大きな違いがある。五位以上の者は大夫(たいふ)と呼ばれ、律令制成立前の大夫(まえつきみ)▲の性格を受け継いでいる。天皇の出御する宴席にも参加できる。天皇が顔を直接に見覚えている階層なのである。さらに待遇の面でも、五位以上になると律令にはさまざまな優遇規定がある。五位に昇叙することは、貴族の仲間入りをすることであった。

この日、家持と同じく正六位上から従五位下に昇叙したなかに、大伴古麻呂(こまろ)がいる。古麻呂は家持の従兄弟にあたり同世代だが、おそらく年齢的には家持より上で、家持より遅い年齢での五位昇叙である。大伴氏のなかでは旅人の家が嫡系で、家持はその継嗣であったため、家持は比較的若く五位昇叙を得られた。

一方、同じ大伴氏のなかで正六位上の位を持ちながら、同じ日に大伴名負(なおい)▲は

▼**大夫**　まえつきみ。ヤマト政権で臣(おみ)・連(むらじ)姓を持つ中央の有力豪族にあたえられた称号。大王への奏上(そうじょう)を行ったり、重要な政治案件の合議を行う。律令制下の五位以上の位階を持つ階層に拡大して受け継がれた。

▼**大伴名負**　生没年不詳。天平十七(七四五)年に正六位上から外従五位下に叙され、翌年従五位下となった。

外従五位下となった。実は、従五位下と外従五位下ではかなり異なる扱いである。外従五位下のように「外」のつく位階は外位▲と呼ばれ、元来は地方出身者を対象とし、中央貴族との区別をはかっていた。ところが、神亀五(七二八)年、長屋王政権のもとで、六位からの昇叙に際して中央出身者にも外五位を授けることにしたのである。上級官人の増加によって彼らへの待遇が財政を圧迫しており、これに対処する策と考えられる。ただし、全員が外五位を授けられたのではなかった。五位以上の子孫で歴代続く家柄の者や、中央の大学のごく少数の成績優秀者は、特別扱いしてそのまま従五位下に昇叙させ、それ以外を外従五位下とした。議政官を輩出する上級貴族の家の者は、外五位をへずに六位から通常の五位へそのままのぼったが、中下級の家柄はいったん外従五位下をへてから通常の五位にのぼることになり、遠回りをさせられることになった。対象となる者の不満緩和のため、外五位の待遇をそれまでよりよくはしたが、家柄による区分という不透明な基準が持ち込まれ、貴族社会はより複雑になった。

同じ大伴氏でありながら、名負は外従五位下となり、嫡系の家持とそれに近い血統の古麻呂は外位をへずに従五位下とされて、明暗を分けた。家持は、名

▼**外位**　律令制で地方豪族に賜与することを目的として設けられた位階。外少初位下から外正五位上まで。神亀五(七二八)年、中央官人にも一部を除いてあたえることにし、内六位と内五位のあいだに外五位が位置づけられた。

門大伴氏の中心たる自覚を感じずにはおれない立場を迎えたのである。

紫香楽退却、平城還都

盧舎那仏造立にあたり、聖武天皇は仏教にいう「知識」に期待した。「知識」とは、人びとがみずから仏教に帰依し、仏のためにものを供出し労働を提供することである。多くの人びとがこの知識を結ぶことで困難な盧舎那仏造立をなしとげようと呼びかけたのである。これに積極的に参加したのが行基▲とその弟子たちだった。多大な貢献が評価され、行基は天平十七(七四五)年一月に大僧正となる。

その一方で、天平十七年四月になると紫香楽宮周辺で火事が続発した。一日は市の西の山、三日は甲賀寺の東の山、八日は国堺を越えた伊賀国の真木山、十一日は宮の東の山という具合である。これほどの火事の集中は、もはや意図的な放火と考えざるをえない。前年四月の宮の西北の山火事も、放火の疑いが持たれる。紫香楽宮と盧舎那仏の造営に批判的な人びとが、隠れて抵抗していたのである。ちょうど、全国に派遣した巡察使▲が戻って諸国の窮状を伝えたた

▼**行基**　六六八〜七四九。河内国(のちの和泉国)大鳥郡出身。出家後に畿内各地で教えを説き、従う者たちとともに、布施屋で貧者に食事を供給したり、池溝や橋・港などの土木工事を行う社会事業を展開し、利他行を実践した。

行基菩薩坐像

▼**巡察使**　太政官から七道ごとに派遣される地方監察のための使者。数年に一度、中央官人のなかから選ばれて派遣され、諸国の国司・郡司の政治や人びとのようすを見聞し中央に報告した。

長屋王の子たちの系図

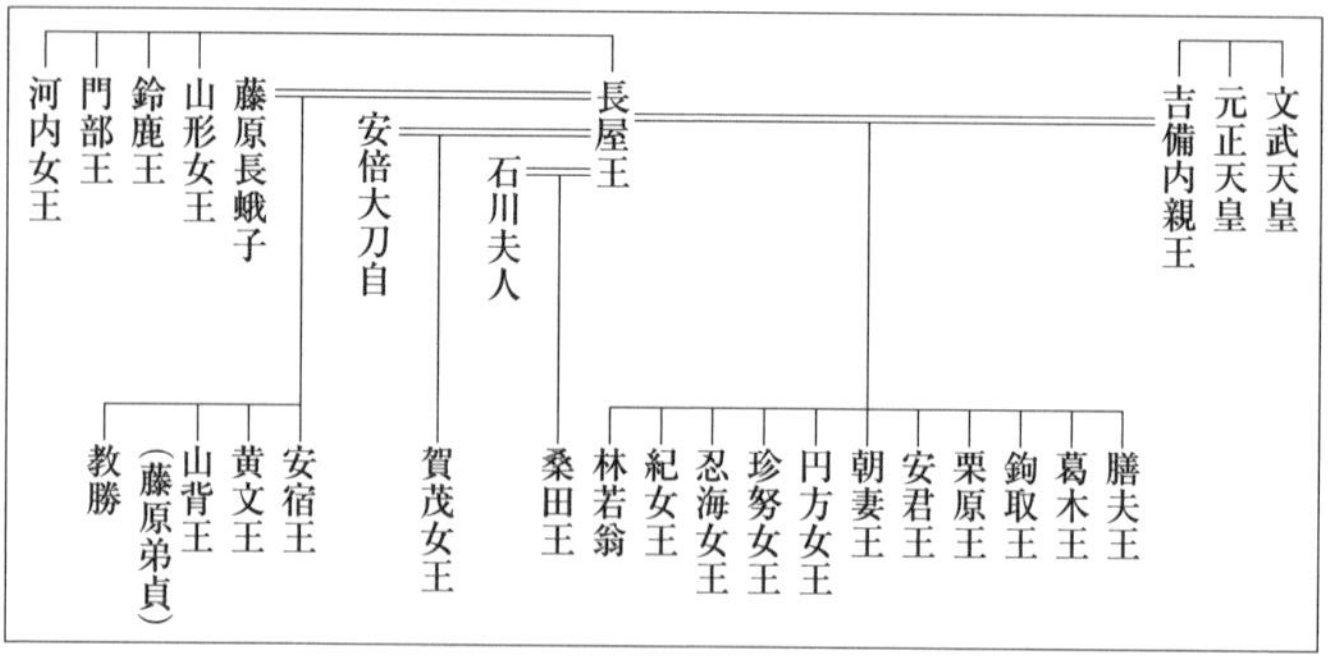

め、四月二十七日には全国の前年分の田租(でんそ)が免除され、天皇の徳を示すために大赦が実施された。ところが、事もあろうにその当日の夜に地震が起き、それがさらに三日続いたのである。美濃国では数多くの建物が倒壊した。

政府は動揺した。五月二日には太政官が他の官司の官人を召集し、都をどこにおくのがよいかたずねた。集まった官人らは口を揃えて平城京にすべきと答えた。五月四日には平城京にあった大安寺(だいあんじ)・薬師寺(やくしじ)・元興寺(がんごうじ)・興福寺(こうふくじ)の僧侶を集めて同様にたずねたが、当然のことながらやはり平城京と答えた。それからの動きは速かった。翌五日には聖武天皇が紫香楽宮をでて、六日には恭仁京にたどり着く。七日には平城宮の掃除が始まり、十日には恭仁京の市にいた商人たちが平城京へ続々と移動を始めた。そして、十一日には聖武天皇が恭仁宮を発って平城宮へ戻ってきたのである。ほんの七日前まで天皇がいた紫香楽宮は、閑散として人もなく、盗賊が横行し放火の火ももはや消せない状況だった。

かくして都は平城京へ戻り、約五年間の恭仁と紫香楽での事業は、多くの資材と労働力を費やして終焉した。しかし、内舎人として天皇に近侍する家持は、天皇や右大臣諸兄を批判する立場ではなかった。遷都にともない居所を翻弄されながらも、聖武天皇を支えてゆかねばならないと考える意志をもっていた。

聖武天皇の病と政界の動揺

平城宮の再構築が始まるあいだに、聖武天皇は八月末にまた難波宮へ行幸した。ところが、半月ほどのちに重篤な病におちいった。九月十九日には不測の事態に備えて平城宮と恭仁旧宮の警備を固め、聖武天皇と同世代の皇親が難波宮に呼び集められ、平城宮の駅鈴と内印が難波宮に取りよせられた。もしもの場合、後継者を定めて皇位を伝えねばならないからだろう。それほど重大な局面であった。

このとき右大臣橘諸兄の息子奈良麻呂は、皇太子阿倍内親王がいたにもかかわらず「天皇がほとんど危篤状態だが皇位継承者が立てられていない」と語っており、阿倍内親王は必ずしも後継と広く認められてはいなかった。政変の起こる可能性を誰もが感じていたのである。奈良麻呂はこの機に乗じて長屋王の子の黄文王▲擁立を画策し、武門の家柄である大伴氏と佐伯氏にも仲間に加わってほしいと考えて、佐伯全成▲に密談した。天皇を支えるべき大伴氏の武力は、政

▼**黄文王**　？〜七五七。長屋王と藤原長娥子の子。安宿王の弟、山背王の兄。橘奈良麻呂の変に加わって捕えられ、名を久奈多夫礼と貶められ拷問中に亡くなる。

▼**佐伯全成**　？〜七五七。天平二十一(七四九)年産金時の陸奥介。その後、陸奥守となるも橘奈良麻呂の変に関与を疑われ、喚問後に自害。

筑紫観世音寺

▼筑紫観世音寺　大宰府政庁東方の寺院。天智天皇が発願し八世紀前半に完成。天平宝字五(七六一)年戒壇をおき東大寺・下野薬師寺と天下三戒壇に数えられた。

▼藤原宮子　?〜七五四。藤原不比等と賀茂比売の女子。文武天皇夫人として聖武天皇を生んだ直後より病気がちだったが、天平九(七三七)年に玄昉によって回復。

変に利用されかねなかった。大伴氏の中心の血筋である家持は、まだ内舎人のままで発言力も大きくなかっただろうが、一大事を迎えて大伴氏としてどうあるべきか、若いながらも厳しい選択を迫られたはずである。奈良麻呂とすでにつながりのあった家持が企てに誘われたかどうかは知られないが、佐伯全成の場合は、先祖の功績を傷つけたくないとして奈良麻呂には同意しなかった。

幸いにして聖武天皇の病状は回復し、九月末には平城宮に戻ることができた。しかし、もしふたたび天皇が重病におちいったならば、同じ心配がよみがえることになる。貴族たちの心理はけっして安泰ではなかったと推測される。

天平十七(七四五)年十一月になって、玄昉が筑紫観世音寺▲に左遷された。彼は唐から帰国したのち、聖武天皇の母の藤原宮子▲を看病して功績をあげ、橘諸兄政権下で優遇され僧正の地位までのぼったが、僧侶としての行いにふさわしくないところがあり、時の人びとがきらったと伝えられる。翌年六月、筑紫観世音寺で亡くなり、人びとは玄昉を除こうとして失敗し殺された藤原広嗣の祟りだと噂した。

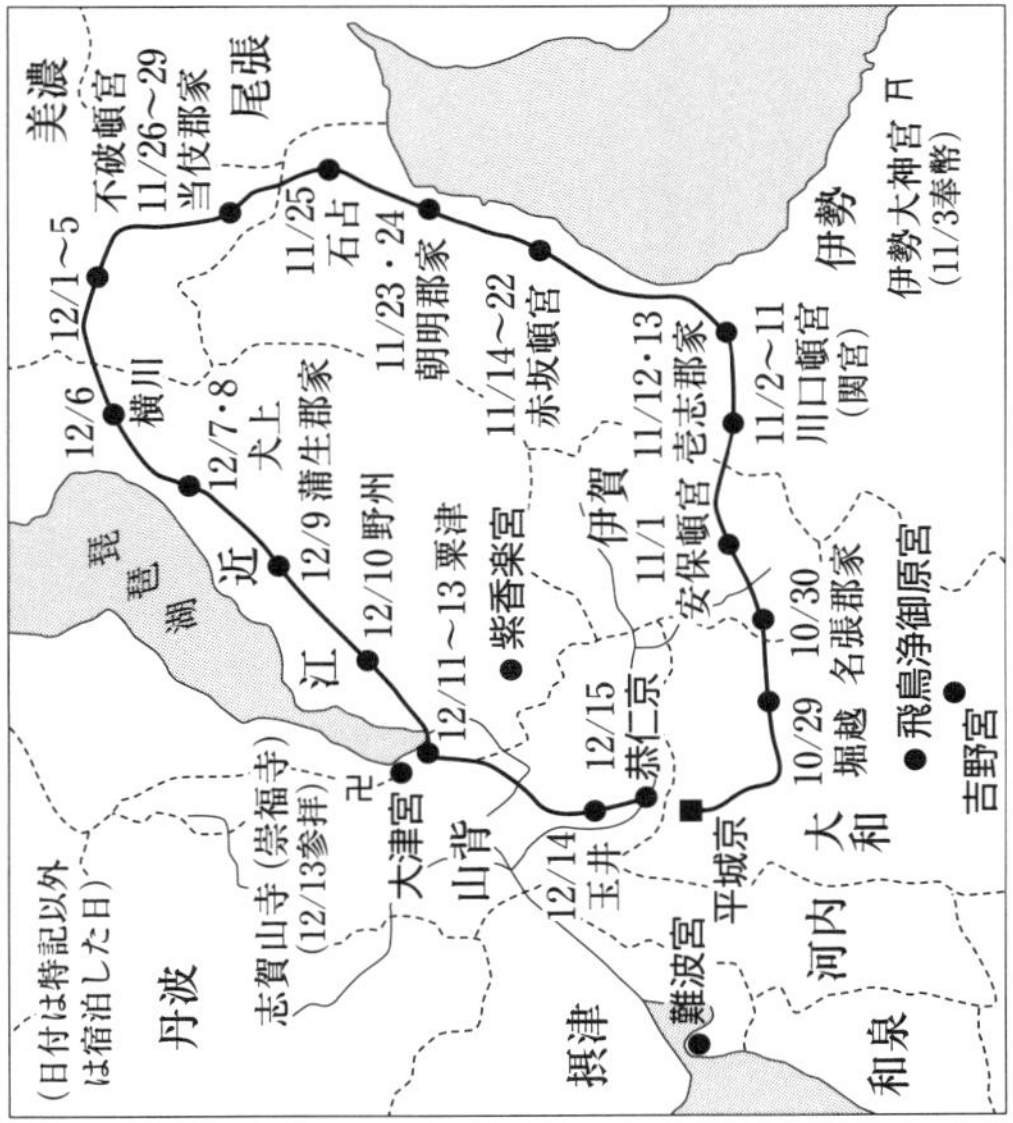

天平12(740)年の東国行幸
(渡辺晃宏『平城京と木簡の世紀』より作成)

天平二十(七四八)年の家持の越中国内巡行(------は海路)

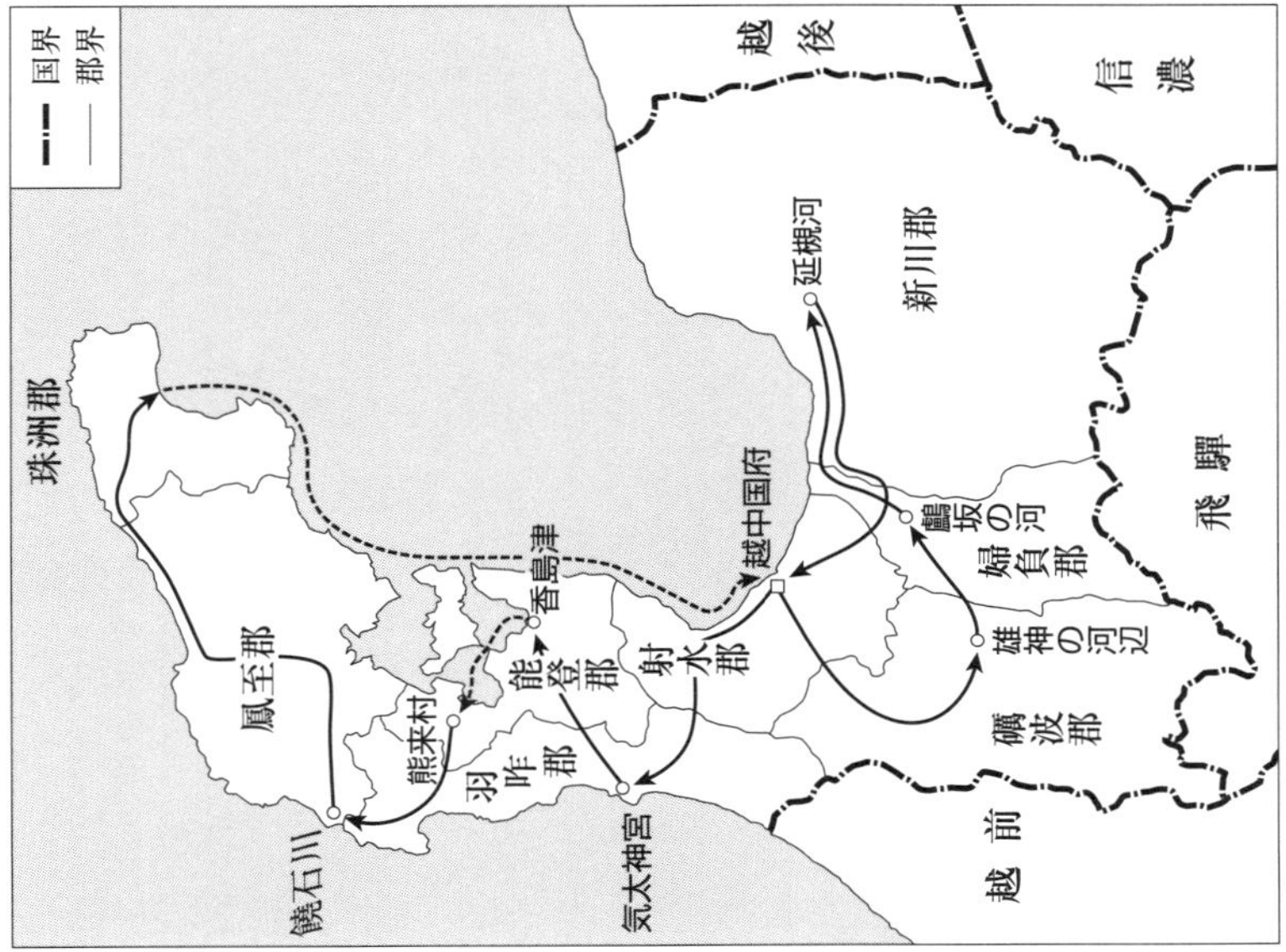

③——地方赴任と中央政界

職事官としての出発

天平十八(七四六)年の正月になり、家持は二九歳となった。しかし、地震は続き、天変地異に対して人びとの不安はぬぐえないままの新年であった。

三月五日に八省の長官の人事異動があり、民部卿だった藤原仲麻呂が式部卿となった。かつて長屋王や藤原宇合などが長くつとめた要職で、鈴鹿王▲がつとめていたが、前年九月に亡くなって半年ほど空席となっており、民部卿として実績をあげていた仲麻呂が遷ることになったのである。十日には八省の次官の人事異動があり、橘奈良麻呂が民部大輔、家持が宮内少輔となった。宮内省は宮中を管理する官司で、長官は卿、次官は大輔・少輔の二つの官職で、少輔は家持のあたえられていた従五位下の位階の者が任じられる職であった。

ところが、六月二十一日になって、家持は急遽越中守に異動となった。中央官僚として活動しはじめた矢先だが、若手の赴任先としては悪くない。越中国は国の格付けでは上から二つ目の上国だった。このころの若手貴族官人は、

▼**鈴鹿王** ?〜七四五。長屋王の弟。神亀六(七二九)年長屋王の変後に勅命で縁坐を免され、天平九(七三七)年に知太政官事となり、同十七(七四五)年没した。

一度は地方諸国に赴任し、任期をおえると中央の要職へ昇任するコースをとることが多い。家持もそうした経験の一つと覚悟して任国へ赴いただろう。すでに、同じ大伴氏の池主（いけぬし）が越中掾（じょう）として赴任していたことも心強かったにちがいない。

越中守としての赴任

国司（こくし）▲に任じられると、赴任準備の期間が任国までの距離に応じてあたえられる。越中国へは三〇日以内に準備を整えて出発することになる。家持は七月になって出発した。越中への道のりは、『延喜式（えんぎしき）』▲によれば平安京（へいあんきょう）からは九日であり、平城京（へいじょうきょう）からは一〇日程度で到着しただろう。

八月七日の夜には、すでに到着した越中国の守の館（たち）▲で、掾の大伴池主、大（だい）目（さかん）の秦八千島（はたのやちしま）、史生（ししょう）の土師道良（はじのみちよし）、僧玄勝（げんしょう）らが集まり、宴会が開かれた。面々が歌をよみあい、家持も次の歌をよんでいる（巻17—3950）。

家にして　結（ゆ）ひてし紐（ひも）を　解（と）き放（さ）けず　思ふ心を　誰（たれ）か知らむも▲

都（みやこ）から遠く離れた地に単身赴任した身にとっては、残してきた女性や仲間のこ

▼**国司**　諸国の行政を担当する官司。守（かみ）・介（すけ）・掾（じょう）・目の四等官（しとうかん）と史生からなり、中央官人が派遣される。通常、四年で遷替する。

▼**『延喜式』**　律令（りつりょう）行政の施行細則を定めた法典。延長（えんちょう）五（九二七）年完成。

▼**館**　国司官人の任地での宿舎。個人ごとに設置された。

▼**家にして……むも**　家で妻がゆわえた紐を解きほどくことができない。このように妻のことを思っている私の心を、誰が知ってくれようか（あなたならわかってくれるだろう）。

とが心から離れなかったのだろう。任期は通常四年ほどだが、期間が限られていても異邦にいる意識が強かった。中央から地方官が派遣されるようになった七世紀半ば以降、国司官人たちは同じ立場でたがいを慰めあってもいた。

赴任後しばらくした九月二十五日、家持は弟の書持の訃報を聞いた。つい二カ月ほど前、平城京から泉川▲のほとりまで馬に乗って見送りに来てくれた弟であった。哀しみに暮れた家持は『万葉集』に挽歌を残したが(巻17—3957〜3959)、その歌の注には佐保山で火葬したと記されている。兄不在で葬儀が行われ、佐保の邸宅にほど近い地にほうむられたのだった。

書持とは逆に、諸国に赴任した側が亡くなることもある。父の旅人は大宰府で重病となり遺言まで用意したことがあった。また、慶雲四(七〇七)年に越後守として任国で亡くなった猪名大村(威奈大村▲)の場合は、銘文を記した骨蔵器が残されていて経緯が知られる。家族が弔いのために豪華な骨蔵器をつくったのだろう。突然の病による親族との死別も珍しくなかった。そして、家持自身も、天平十九(七四七)年二月下旬から三月初旬にかけて、病で死線をさまよった。なんとか回復したものの、赴任後しばらくのうちに辛い経験が続いた。

▼**泉川**　山背国の恭仁京を流れる川。現在の木津川にあたる。

▼**猪名大村(威奈大村)**　文武天皇期の少納言。のちに越後城司となり、慶雲四(七〇七)年に任地で病没した。ほうむられた際の金銅製球形で銘文のある骨蔵器がみつかり、国宝に指定されている。

威奈大村骨蔵器

▼**税帳使**　毎年二月末までに中央に提出する正税帳を携え諸国から上京する使者。

国司官人たちは、政務報告や調庸物品貢納のための使者を、毎年交替で担当する。この時代には主要な任務が一年間で四つにまとまっており、四度使（税帳使▲〈正税帳使〉・大帳使▲・貢調使▲・朝集使▲）と呼ばれる。国司官人たちのなかから割りあてられた者が都にのぼり、役目が終ればまた任国への道を戻った。家持が赴任した天平十八（七四六）年、越中国では大帳使を掾の大伴池主が担当し、八月に上京して十一月に越中国に戻った。また、翌年、先述した病の癒えたころ、家持自身も税帳使として上京した。

都にずっといたのでは味わうことのないこうした悲しみや苦労をかかえながら、家持は、自分たち国司の立場をこう歌う。

天離る　鄙治めにと　大君の　任けのまにまに　出でて来し……▲

（巻17―3957）

大君の　任けのまにまに　ますらをの　心振り起こし　あしひきの
山坂越えて　天離る　鄙に下り来……▲

（巻17―3962）

大君の　任けのまにまに　しなざかる　越を治めに　出でて来し……▲

（巻17―3969）

▼**大帳使**　計帳使とも。毎年八月末までに中央に提出する大帳を携え諸国から上京する使者。

▼**貢調使**　運調使、調使とも。毎年、定められた期限までに調物を携えて上京する使者。

▼**朝集使**　毎年、諸国官人の勤務評定を記す考文などを提出するため、十月末までに上京する使者。

▼**天離る……来し……**　はるかに離れた鄙の地をおさめるために、天皇のおおせのままに都をでてきた……

▼**大君の……り来……**　天皇のおおせのままに、男子としての心を振り起こし、山坂を越えて、はるかに離れた鄙の地にくだってきて、……

▼**大君の……来し……**　天皇からのおおせのままに、（しなざかる）越の地方をおさめにやってきた……

大君(おおきみ)(＝天皇)からまかされて地方をおさめるために、都から遠く離れたこの地に来ているのだという自負がうかがわれる。国司は「クニノミコトモチ▲」としての性格を持つ。「ミコトモチ」(＝御言持ち)とは「尊い方の言葉を携えた者」であり、天皇からの言葉を携えた者のことである。天皇から地方支配をまかされ、天皇の代行者として地方行政にのぞむのだという自負が、家持の支えなのである。

二上山の賦

話題は前後するが、病に倒れた家持は、病床で池主とのあいだに何度か歌を贈りあったが、その際に漢文での書簡もあり、さらには七言律詩(しちごんりっし)▲まで贈りあうようになった。こうしたやりとりが家持の文芸観を刺激したのか、病の癒えた三月三十日に「二上山(ふたがみやま)の賦(ふ)」という歌をよんだ(巻17―3985)。

射水川(いみづかは)　い行き巡(めぐ)れる　玉(たま)くしげ　二上山(ふたがみやま)は　春花(はるはな)の　咲ける盛(さか)りに
秋の葉の　にほへる時に　出で立ちて　振(ふ)り放(さ)け見れば　神(かむ)からや
そこば貴(たふと)き　山(やま)からや　見(み)が欲(ほ)しからむ　統(す)め神(かみ)の　裾廻(すそみ)の山の　渋谿(しぶたに)の

▼**クニノミコトモチ**　大和(やまと)政権において大王の命を受けて地方に派遣された使者。『日本書紀』などでは「ミコトモチ」に「宰」字をあてる。

▼**七言律詩**　漢詩の様式の一つ。七言(七文字)の八句からなる五六文字の漢詩。

▼**射水川……はめ**　射水川がめぐって流れる二上山は、春の花の咲いている盛りに、あるいは秋の木の葉の色づいているときに、立ち出でて仰ぎ見ると、その神のせいでとても尊く感じられるのだろうか、山の風格のせいでながめていたいと思うのだろうか。山をおさめている神がいるその山の、山

崎の荒磯に　朝なぎに　寄する白波　夕なぎに　満ち来る潮の
いや増しに　絶ゆることなく　古ゆ　今の現に　かくしこそ
見る人ごとに　かけてしのはめ▲

射水郡の国府背後にそびえ立つ二上山への讃歌である。「賦」は中国文学における一つのジャンルで、朗誦するための作品である。家持がよんだのは和歌であり本来的な賦ではないが、こうした地方名所への讃歌は中国でいえば賦にあたるという意識があり、あえてこの和歌を「賦」と名づけたのである。家持はこれに反歌二首を加え、その全体を「興に依りて作る」と書き残した。さらに、四月二十四日に「布勢の水海に遊覧せし賦」(巻17—3991)、四月二十七日に「立山の賦」(巻17—4000)というように、越中の風景を「賦」としてよんでいる。

当時の貴族によく読まれていた書籍のうち、『芸文類聚』▲や『文選』▲には賦がおさめられている。ことに『文選』は、日本の文芸に大きな影響をあたえたが、全六〇巻のうち第一巻から第一九巻前半までに賦がおさめられている。

天平五(七三三)年に出羽柵が移転してきて官衙が造営された秋田城跡では、『文選』の「洛神賦」の一節を習書した木簡がみつかり、八世紀から九世紀のもの

裾をめぐる渋谿の崎の荒磯に、朝凪によせてくる波や、夕凪に満ちてくる潮のように、だんだん盛んになって、絶えることなく、昔から今の世まで、このように見る人ごとに心にかかり美しく味わい深いのだろう。

▼『芸文類聚』　中国唐代の類書。六二四年成立。百科事典的に項目ごとに多くの史料を引用。『日本書紀』の編纂にも利用された。

▼『文選』　中国六朝の梁の蕭統が撰した詩文集。詩や賦などの韻文を中心に、歴代の代表的な作品を集めている。

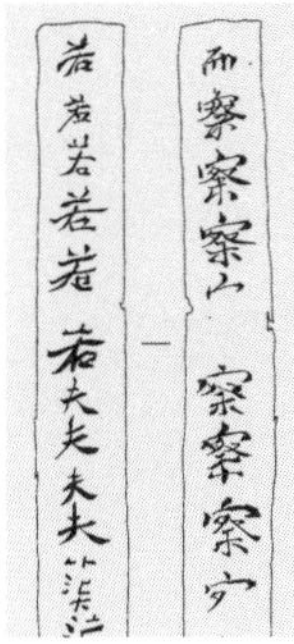
『文選』の習書木簡(秋田城跡出土)

と考えられている。地方官衙に滞在した官人が、秋田城から眼下を流れる雄物川をながめながら、洛水の女神に思いをはせたのかもしれない。家持も『文選』のような中国文芸の世界に親しみつつ、越中の世界を朗誦したのだった。

鷹を飼う

税帳使の任をおえて越中国に戻ったころ、家持は、飼っていた「大黒」という名の蒼鷹に逃げられてしまった。射水郡旧江村で得た鷹で、姿も麗しく雉を狩る能力に優れた自慢の鷹だったが、山田君麻呂▲という者に世話をさせていたところ、調教しているあいだに逃げ去ってしまった。取り戻すため、鷹の好む腐った鼠でおびきよせたり、鳥網を張らせて待ったりしたが、まったく効果がない。戻ってくるよう神社に祈願したところ、夢にでてきた娘に「心配せずとも、その鷹は遠からず捕えられるでしょう」と告げられ喜んだ（巻17―4011〜4015）。しかし、戻ったことをよんだ歌はなく、おそらく戻らなかったのだろう。

優れた鷹の保有は、権力の象徴として貴族の憧れだった。大宝令制では兵部省管轄下の放鷹司（養老令制では主鷹司）が、公的な鷹狩りのための鷹を飼育

▼**山田君麻呂**　生没年不詳。家持に仕えていた鷹匠とみられる。都からつれていった者か、越中出身の者かは不明。

した。天平十(七三八)年度の周防国正税帳や筑後国正税帳から、大宰府管内の筑後国などで鷹が養育・献上されたことがわかる。放鷹司に送られる公的な鷹だけでなく、貴族たちが地方から私的に確保した鷹も多かっただろう。

鷹の扱いに関して、政府はたびたび規制を設けた。鷹狩りは限定された者にしか許されず、王権によって狩猟が独占される傾向にあった。狩猟は、王権が山野河海の支配を握っていることを象徴する行為であり、行軍の演習や秩序確認の儀礼としての役割もあった。また、狩猟は仏教で否定される殺生としての面もあるが、王権が優越する論理もある。『日本霊異記』▲下巻―三十九縁では、鷹狩りを行う嵯峨天皇▲に対し無慈悲だと誹る意見に対して、国内のものはすべて天皇のもので、私的所有のものはないのだから、すべて天皇の意のままなのだと述べられる。

聖武天皇が皇太子だった養老五(七二一)年七月に放鷹司は廃止されたが、即位後の神亀三(七二六)年八月に鷹戸が復置され、ふたたび鷹狩りの用意が整えられた。しかし、皇太子の病気のために殺生をきらったのか、神亀五(七二八)年八月には鷹を飼うことを全面的に禁じ、のちに再許可するまで待つよう命じ

▼**『日本霊異記』**　八世紀末から九世紀初頭に薬師寺僧の景戒が編集した仏教説話集。

▼**嵯峨天皇**　七八六～八四二。桓武天皇と藤原乙牟漏の子。大同四(八〇九)年即位し、翌年平城太上天皇の重祚を退け、天皇権力を強化し朝廷の唐風化を推進。弘仁十四(八二三)年に淳和天皇に譲位し、後院に移った。

ている。皇太子は翌月に亡くなったが、その後に鷹を飼うことが許されたのだろう。天平八(七三六)年ごろのものとみられる二条大路木簡のなかには、京職に鷹の餌となる動物の肉を調達させたことや、「鷹司」の守衛の存在がうかがわれる。

聖武天皇はその後、また殺生行為に禁制を加え、天平十七(七四五)年九月に、三カ年の殺生禁断が命じられた。実は、家持が「大黒」を飼っていたのは、この三カ年の最中である。かつて聖武天皇の内舎人だった家持ですらこうである。貴族たちは鷹を飼うことをなかなかやめなかったのではないだろうか。

逃げてしまった「大黒」を惜しんでいた家持だったが、二年半後の天平勝宝二(七五〇)年三月には、別な白鷹を飼っていることを歌によんでいる(巻19―4154・4155)。鷹への愛着は続いていたらしい。

部内巡行

天平二十(七四八)年の春出挙▲に際して、各郡に設置されている正倉で稲を貸しつける現場に立ちあうため、家持は越中国内を巡回することになった。国司

二条大路木簡の鷹関係木簡　右側の木簡には「鷹所」とみえる。左側の木簡には鷹の餌である鶏・雀・馬肉・鼠などがみえる。

▼**出挙**　稲や銭などを貸しつけ、利息をとって回収すること。国家が行う公出挙と個人が行う私出挙があった。当時の稲の公出挙では、郡ごとの正倉から春三月と夏五月に貸しつけ、収穫後の十月に五割の利息とともに返却するのが一般的だった。

官人は、必要に応じて年に数回、任国内(＝部内)の巡回(＝巡行)が割りあてられ、これらを部内巡行と呼ぶ。春・夏の出挙稲貸しつけ、秋の出挙稲収納、稲の生育具合の調査、計帳手実▲回収、集めた調庸物の検査などの恒例のもののほか、人びと救済のための政府指令による賑給▲実施など、臨時の巡行もあった。

当時の越中国は三九ページ下図のような範囲である。天平十三(七四一)年に能登国が越中国に編入され、能登半島の羽咋・能登・鳳至・珠洲の四郡を含む全八郡となっていた(天平宝字元〈七五七〉年にはふたたび分離し礪波・射水・婦負・新川の四郡となる)。八郡を順にまわることになるが、『万葉集』には訪れた先々で風物をよんだ歌が残されている(巻17―4021〜4029)。よまれた地は、順に、雄神の河辺(礪波郡)、鸕坂川(婦負郡)、婦負川(婦負郡)、延槻河(新川郡)、気太神宮(羽咋郡)、能登郡香島津から熊来村への海路、饒石川(鳳至郡)、珠洲郡から海路で来た長浜湾(七尾湾か)であり、家持はこの順に諸郡を移動したらしい。

国守の巡行は、天皇の代行者としてのミコトモチが各郡をめぐる意義をも持つ。各郡にどのような場所があり、どのような産物があって、民がどのようにすごしているのか、ミコトモチが直接に見聞し国家支配を確認することになる。

▼**計帳手実**　毎年の戸口の異動の調査のために提出させる人口統計の基本資料。六月末までに各戸に提出させ、これをもとに集計する規定だった。

▼**賑給**　国家の慶事や、庶民の危機に際して、正税や義倉から稲穀や塩・布・綿などを、高齢者や身寄りのない者などの社会的弱者に支給すること。天皇が徳を示す行為として実施される場合が多かったとみられる。

　能登郡の香島津から船出した海は、かつて能登国造が支配していた。能登国造だった能登臣一族は、この湾の豊かな恵みに支えられ力を持ったのである。九〇年近くさかのぼる六六〇年、中央から北方へ派遣された阿倍比羅夫▲に能登馬身龍という豪族が従い、この地から配下の水軍を率いて遠征した。比羅夫の軍が北方異民族の粛慎▲と戦った際に馬身龍は戦死したと『日本書紀』は伝える。能登の水軍は、さらにその後の百済救援戦争にも動員されたかもしれない。

　とぶさ立て　船木伐るといふ　能登の島山　今日見れば　木立繁しも　幾代神びそ▲
（巻17―4026）

国家につくした人びとを偲びつつ、はるか遠い昔から船を駆使して王権に仕え、その船材のための山を保ってきたことに、家持は船上から思いをはせている。

大仏造立と黄金産出

　平城還都以後、盧舎那仏造立は平城京東方の山麓で行われた。長門国の長登銅山▲などで生産された銅が大量に運ばれ、山麓の傾斜地を平坦に造成して大規模な鋳型が設置され、鋳造が行われた。

▶**阿倍比羅夫**　生没年不詳。六五八年に水軍を率いて日本海沿いに北方遠征を行い、津軽蝦夷などと交流し、粛慎と戦った。百済救援戦争でも将軍として朝鮮半島に赴いたが、白村江の戦いで敗れた。

▶**粛慎**　渡島狄より北方にいた異民族。樺太から沿海州のツングース系の民族ともされるが不明。

▶**とぶさ立て……びそ**　（山の神に祈るため）枝葉の茂った梢を立て、造船用の木を伐るという能登の島山。今日みると木立がうっそうと茂っていて、一体何代へて神々しいまでになったのか。

▶**長登銅山**　長門国にあった銅山。奈良時代に採掘から精錬までが行われ、大仏鋳造の材料として銅塊が平城京に送られた。

▶**金鐘寺**　神亀五（七二八）年に亡くなった聖武天皇の子の基王（某王？）をとむらい建てられた山房から発展。良弁によって充実し、

大和での大仏造立にあたり、金鍾寺の僧良弁が大きな役割を果たした。金鍾寺は天平十四(七四二)年に大養徳国(大和国)国分寺とされ、大仏造立の地となって総国分寺の位置付けをあたえられた。良弁は思想面から盧舎那仏造立を支えた華厳経の講読を行い、事業の中心として動き、のちに初代東大寺別当となった。また、行基が積極的に勧進を行い多数の人びとが知識として参加したが、知識として大仏造立に貢献したのは畿内周辺の人びとだけではない。家持のいた越中国でも、礪波郡の豪族の礪波志留志が、大量の米を献上した功績で外従五位下の位階を授けられた。地方豪族たちも銭や米を献上したのである。

このように大仏造立が世の中心事業となるなかで、天平十九(七四七)年末に元正太上天皇は重病となり、翌年四月に六九歳の生涯をおえた。さらに天平二十一(七四九)年二月、大仏造立に貢献してきた行基も八二歳で亡くなる。聖武天皇は頼みとする年長者を失い、仏教信仰にいよいよ傾倒していく。

盧舎那仏は、鋳造後の鍍金が予定されていたが、その需要に見合うだけの金は入手できていなかった。国内での産金が各地で模索され、また金の輸入をめざした遣唐使も計画されたらしい。そのようななかで、天平二十一年二月に陸

大仏造立が行われ東大寺となる。

▼**良弁**　六八九〜七七三。金鍾寺で修行し、華厳経を学び聖武天皇の支持を得て、金鍾寺を東大寺に発展させて初代別当となった。

良弁僧正坐像

▼**礪波志留志**　生没年不詳。礪波氏は越中国礪波郡で代々郡領となった豪族。志留志は米三〇〇〇石を東大寺に寄進して五位の位階を得た。のちに称徳・道鏡政権下で越中員外介となり、越中国内の東大寺領庄園の開発をまかされた。

奥国から産金の報告がもたらされた。陸奥守として赴任していたのは百済王家の末裔である百済王敬福で、みずからの人脈も利用して金産出のための技術者を動員していたのだろう。敬福は若いころから聖武天皇と昵懇の仲であり、この産金は聖武天皇をおおいに歓ばせた。四月一日に東大寺に行幸した天皇は、光明皇后と皇太子阿倍内親王とともに大仏に対面し、橘諸兄に命じて宣命を読み上げさせた。その文のなかでは、天皇自身を「三宝の奴」(仏に仕える下僕としての者)と称し、盧舎那仏の恵みによって陸奥国に金が産出されたと述べ、感謝がささげられている。この産金によって、年号も天平感宝と改められることとなった。

産金の知らせは、詔で全国へと伝えられることになる。家持は越中国でその詔を受け、早速に次ページのような歌をよんだ(巻18―4094)。金が産出されたという奇跡をたたえ、代々の大君(大王・天皇)につくしてきた家柄の者として、その自覚をいっそうあらたにして仕えていくという趣旨の歌である。

後半の「海行かば」からの部分は、現在の私たちにとっては、戦前に節をつけられ、出征兵士を送る際や玉砕を伝える際の歌として使われたイメージが非常

▼**百済王敬福**　六九八～七六六。百済の義慈王の玄孫。聖武天皇に寵遇され、陸奥介・陸奥守ののち、諸国守を歴任。恵美押勝の乱では孝謙太上天皇方で活躍。

▼**陸奥国小田郡の産金**　現在の宮城県遠田郡涌谷町に黄金山神社があり、小田郡の産金地と伝えられる。小田郡は八世紀前半に陸奥国多賀城以北に設置された黒川以北一〇郡の一つで、国家の版図拡大の最前線だった。産金功労者として褒賞されたなかには、百済系の氏族が複数みえる。

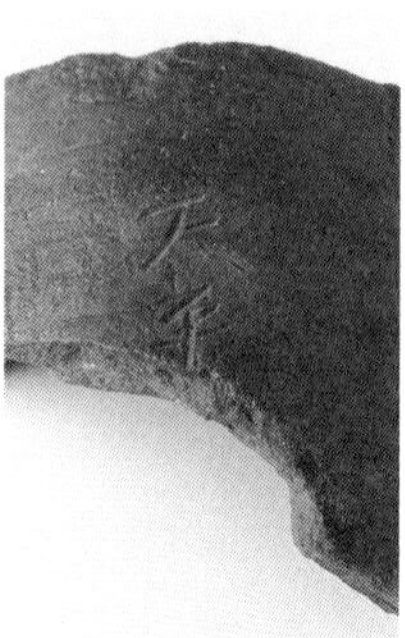

黄金山産金遺跡出土遺物　「天平」銘のみえる瓦。

陸奥国に金を出だしし詔書を賀びし歌一首(巻一八―四〇九四)

葦原の　瑞穂の国を　天降り　知らしめしける　皇祖の　神の命の　御代重ね
天の日継と　知らし来る　君の御代御代　敷きませる　四方の国には　山川を
広み厚みと　奉る　御調宝は　数へ得ず　尽くしもかねつ　然れども　我が大君の
諸人を　誘ひたまひ　良き事を　始めたまひて　金かも　たしけくあらむと　思ほして
下悩ますに　鶏が鳴く　東の国の　陸奥の　小田なる山に　金ありと　申したまへれ
御心を　明らめたまひ　天地の　神相うづなひ　皇祖の　御霊助けて　遠き代に
かかりしことを　朕が御代に　顕はしてあれば　食す国は　栄えむものと　神ながら
思ほしめして　もののふの　八十伴の男を　まつろへの　向けのまにまに　老人も
女童も　しが願ふ　心足らひに　撫でたまひ　治めたまへば　ここをしも　あやに貴み
嬉しけく　いよよ思ひて　大伴の　遠つ神祖の　その名をば　大久米主と　負ひ持ちて
仕へし官　海行かば　水漬く屍　山行かば　草生す屍　大君の　辺にこそ死なめ
顧みは　せじと言立て　ますらをの　清きその名を　古よ　今の現に　流さへる
祖の子どもぞ　大伴と　佐伯の氏は　人の祖の　立つる言立て　人の子は
祖の名絶たず　大君に　まつろふものと　言ひ継げる　言の官ぞ　梓弓
手に取り持ちて　剣大刀　腰に取り佩き　朝守り　夕の守りに　大君の　御門の守り
我をおきて　人はあらじと　いや立てて　思ひし増さる　大君の　命の幸の
聞けば貴み

【大意】　天からくだり葦原瑞穂国をおさめた皇祖の神から代を重ねて後継者がおさめてきたそれぞれの代に、配下の四方国は山も川も広く豊かだったので、貢ぎ物は数え切れないほどあった。しかし、わが大君(聖武天皇)がすべての人びとを誘い、よいこと(大仏造立)を始められるにあたり、(大仏に必要な)金がほんとうにあるだろうかと内心悩んでおられたところ、東の国の陸奥の小田にある山に金があると申し上げてきた。天皇のお心も明るくなられ、「天地の神がともに誉めて、皇祖の御霊の加護もあって、遠い昔にこのように金を産したことが、私の時代にも再現されたので、私のおさめるこの国は栄えるだろう」とお思いになり、あらゆる官人たちを従わせるままに、老人も女も子どもも願いが満足するほどに、いたわって統治をされるので、私(家持)も、ありがたいほどとうとく嬉しく、いよいよ思いを強くして、大伴の遠い祖先の、その名を大久米主と呼ばれ奉仕してきた役目として、「海を行くならば水に沈んだ屍となり、山を行くならば草の生えた屍となろうとも、大君のおそばで死のう。後悔はしない」と言葉に誓い、男子としての汚れない名を昔から今の世まで伝えてきた先祖以来の子孫であるぞと、大伴と佐伯の氏族は、先祖の立てた誓いに、子孫は先祖の名を継ぎ、大君に従うものだと言い伝えてきた。言葉どおりの職務なのだ。「梓弓を手にとり、剣大刀を腰におび、朝の守り、夕の守りとして、大君の御門の警備には、われらをおいてほかに人はなかろう」と、さらに言葉に誓い、決意の思いが増す。大君のありがたいおおせをうけたまわり、それがあまりにとうといので。

に大きいが、もともとは大伴氏・佐伯(さえき)氏の古くからの言立(ことだ)て▲として伝えられた文句であった。家持には大伴氏の中心の立場という自負があり、越中に赴任し天皇から離れて三年ほどがたち、遠方から聖武天皇を慕う心情をうかがうこともできる。むしろ、こののちの家持と比べれば、地方にあって政争を目の当りにしていなかったからこそ、このような歌をよんでいられたのかもしれない。

奈良時代の庄園と国司

地方には中央からの客人が時折やってくる。天平感宝元(七四九)年五月、東大寺僧平栄(へいえい)▲が「占墾地使(せんこんちし)」として越中国を訪れた。天平十五(七四三)年にだされた墾田永年私財法(こんでんえいねんしざいほう)▲によって墾田領有が推進され、貴族や大寺院が開発や買上げによって領有地を拡大し、庄(しょう)を設置して大土地経営が盛んに行われるようになった。未開発地を開墾候補地として申請し、許可されれば付近の労働力を雇用して開墾が実施される。あるいは、地方の人びとが小規模に開墾した地を、中央の貴族や大寺院が買い上げていった場合もあった。

平栄は、東大寺庄園の開墾候補地をさがすため、越中国にやってきた。開墾

▼**言立て**　心中にあることや決意などをはっきり口にだして述べること。

▼**平栄**　生没年未詳。東大寺僧として各地に派遣され、天平勝宝年間(七四九〜七五七)から天平宝字年間(七五七〜七六五)にかけて、東大寺領庄園の経営に各地で携わる。東大寺三綱(さんごう)の佐官(さかん)兼上座(じょうざ)として活躍した。

▼**墾田永年私財法**　天平十五(七四三)年に墾田保有の世代制限を除いた格(きゃく)。身分や位階に応じた墾田所有制限額が定められたが、大土地所有の端緒を開いた。

地の申請は、それぞれの候補地が所在する国の国司にだされる。平栄のような使者にとっては、国司とのあいだを良好に保って手続きを進める必要があり、国司の官人たちも、中央から来た貴族や大寺院の使者と接点を持つことが、中央政界とのつながりを維持するうえで大事に思われただろう。家持も平栄を招いて饗宴を開き、遠方への旅を慰労した。さらに、墾田開発の許可をあたえた家持のほうでも、翌天平勝宝二(七五〇)年二月の農耕開始時期に礪波郡の墾田地を視察しており、おそらくこれが東大寺の墾田地だったのだろう。

平栄は、東大寺のなかで、各地をまわって開墾地を探すことをまかされていたようで、こののち、越前・因幡・阿波などの国々での東大寺領荘園設置にかかわっている。天平宝字三(七五九)年には、すでに家持は越中国を離れていたが、検田使として越中国を訪れ、野地を調査して関係書類や地図を作成した。

こうした点で、天平二十(七四八)年三月に左大臣橘諸兄家の使者として越中国にやってきた田辺福麻呂▲も注目される。諸兄と交流の深かった家持は、越中国まではるばるやってきた福麻呂を饗応したが、彼も諸兄に命じられて墾田地調査にやってきたのかもしれない。

「越中国礪波郡石粟村官施入田地図」(部分)　平栄の署名がみえる。

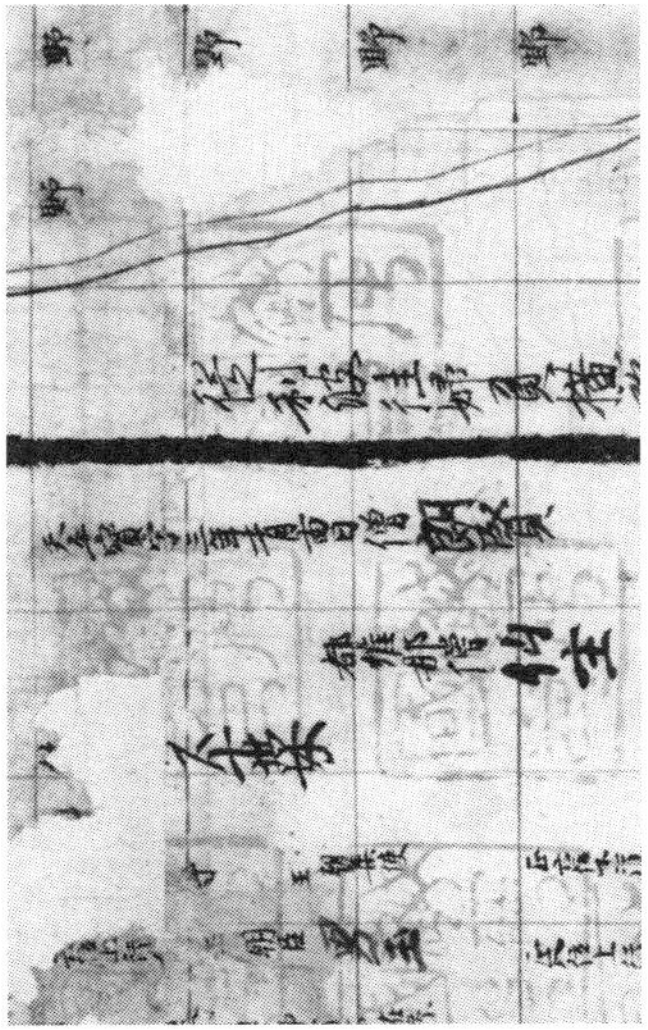

▶田辺福麻呂　生没年不詳。天平二十(七四八)年、造酒司の令史の職にあったが、橘諸兄の使者として越中国に派遣された。和歌に堪能で歌集もつくられたらしい。

家持は、晩年、越前国加賀郡に一〇〇余町の田地を所有していた(延喜十四〈九一四〉年三善清行意見封事十二箇条)。越前国は同族の池主が掾をつとめた時期もあり、家持も越前国司と交渉しながら加賀郡内に庄園を形成したのだろう。交渉がいつごろ進められたかは不明だが、越中守在任中ないしそれ以後のことと思われる。貴族たちの財産形成のあり方として、遠隔地である地方での庄園開発が盛んに行われたのもこの時代の特徴である。

④—専制権力のもとで

中央政界へと踏み出す

天平勝宝三(七五一)年七月、家持は少納言に任じられて都に戻った。三四歳の若手貴族にとって、いよいよ中央政界での活躍が始まろうとしていた。

当時の家持は、左大臣橘諸兄やその子奈良麻呂との親交が深い。天平勝宝四(七五二)年から同七(七五五)歳にかけて、諸兄宅や奈良麻呂宅の宴で歌をよんだ。他所の宴でも諸兄や奈良麻呂との同席がよくうかがわれる。このほか、天平勝宝五(七五三)年正月、石上宅嗣宅での宴に茨田王・道祖王と参加している。文人として著名な宅嗣との交友は、こののちも続いていく。

宴の合間の日には、一人自邸で歌をよんでもいる。次の歌は天平勝宝五年二月のものである(巻19─4290〜4292)。

二十三日、興に依りて作りし歌二首

春の野に　霞たなびき　うら悲し　この夕影に　うぐひす鳴くも

我がやどの　い笹群竹　吹く風の　音のかそけき　この夕かも

▼**石上宅嗣**　七二九〜七八一。藤原仲麻呂に反発した藤原宿奈麻呂と同調したが、転覆には失敗。その後、光仁天皇擁立に貢献。芸亭と名づけた書庫を公開した。

▼**茨田王**　生没年不詳。天平十六(七四四)年に少納言として難波遷都に対処。その後、宮内大輔・越前守・中務大輔を歴任。天平宝字元(七五七)年に越中守となり東大寺領庄園開発に応対。

▼**道祖王**　?〜七五七。新田部親王の子、塩焼王の弟。聖武太上天皇の遺詔で立太子したが翌年廃太子となり、直後の橘奈良麻呂の変で捕えられ拷問中に没した。

▼**春の野に……くも**　春の野に霞がたなびいていて物悲しい。その夕暮れの光のなかで鶯が鳴いている。

▼**我がやどの……かも**　わが家の笹と叢竹に吹く風の音が、かすかに聞こえているこの夕方だ。

二十五日に作りし歌一首

うらうらに　照れる春日に　ひばり上がり　心悲しも　ひとりし思へば▲

春日遅々として、鶬鶊正に啼く。悽惆の意、歌に非れば撥ひ難きのみ。

仍りてこの歌を作り、式て締緒を展べき▲。（後略）

みずからが進む道に向き合いながらの、独り落ち着いた心情がしのばれる。

天平勝宝六（七五四）年四月には兵部少輔に任じられた。兵部省は軍事を管轄する官司であり、大伴氏嫡流であることが考慮されたかもしれない。一方、同日に従兄弟の大伴古麻呂が左大弁に任じられた。古麻呂は遣唐副使をつとめて帰還したところで、従四位上に叙されて大伴氏のなかで最上位となっていた。左大弁は太政官弁官局の要で、官僚機構の情報をもっとも掌握する立場にある。

その年十一月、家持は臨時に山陰道▲巡察使として派遣された。巡察使は数年ごとに七道の各道ごとに地方へ派遣され、地方行政を視察する。新羅との関係が悪化していたこの時期、山陰道は新羅への警戒のための軍事的要地であった。

▶**うらうらに……へば**　のどかに照る春の日差しのなかに雲雀が舞い上がっていく。ひとりで思っているので心が悲しいことだ。

▶**春日遅々として……べき**　春の日はのどかに照って、鶯は今まさにさえずっている。悲しく痛む心情は、歌でなくてはまぎらわすことができない。それで、これらの歌をつくって、もつれて沈んだ気持ちをほどき、晴らした。（後略）

▶**山陰道**　七道の一つ。現在の京都府・兵庫県から中国地方にかけての日本海沿いの地域。丹波・丹後・但馬・因幡・伯耆・出雲・隠岐・石見の諸国が属す。

家持は公的な宴で天皇から歌をよむよう求められるなど、このころ歌詠みの実力を認められ、防人の歌を集める任にもあたった。東国から九州へ送られる防人は難波で点検を受け、大宰府へ向けて出発する。兵部少輔の家持は、天平勝宝七歳二月に難波で防人たちに接し、防人引率の部領使▲をとおして彼らの歌を集めた。こうして、計八四首におよぶ奈良時代の兵士とその家族の歌が、庶民の心情を語る類まれな文芸として『万葉集』に残されたのである。越中守の任をおえてほどない家持には、地方社会の実情が身近に感じられただろう。家持自身も、防人の立場を思いながら何度も歌をよんだ。武門の家柄として防人たち兵士の上に立たねばならぬ自身を、改めて意識しただろう。

藤原仲麻呂の権謀

時間はやさかのぼるが、天平勝宝年間(七四九〜七五七)の動きをみておくことにしたい。

陸奥国からの産金後、聖武天皇は仏道帰依の志が強く、天平感宝元(七四九)年と改元した閏五月には、主要な大寺に種々のものや墾田を施入し、沙弥勝

▼**部領使**　兵士など遠方へ移動させられる人などを率いて、つれていく使者。

満と名乗って居所を薬師寺に移した。七月には娘の皇太子阿倍内親王に譲位し、太上天皇となる。皇太子は即位して孝謙天皇となり、天平感宝元年は再度改元されて天平勝宝元年となった。一年間に二度の改元が行われたのも異例である。

孝謙天皇を支えたのは、聖武太上天皇よりも母の光明皇太后だった。光明子は皇后時代よりもさらに力を発揮する。九月には、それまでの皇后宮職を母体に、皇太后のために権限を強化した紫微中台▲が設置された。長官の紫微令には藤原仲麻呂が就き、皇太后を後盾として権力を行使していく。一方、太政官では七月に仲麻呂が大納言に、橘奈良麻呂が参議となった。二人とも皇太后に近い縁戚だが、やがて両者の対立は深まっていく。

翌天平勝宝二(七五〇)年九月、遣唐使が任命された。大使にははじめて藤原氏から清河▲が、副使には大伴古麻呂が任じられた。仲麻呂が古麻呂を政府内から追い出そうとしたとみる見解もあるが、それはあたらない。栄えある遣唐使の任務はおおいに期待されたとみるべきである。天平勝宝三(七五一)年十一月には、さらにもう一人の副使として吉備真備が加わり、同四(七五二)年に出発

▼**紫微中台**　光明皇太后の意思を実行するために、天平勝宝元～天平宝字四(七四九～七六〇)年まで設置された官司。天平宝字二(七五八)年からは坤宮官と改称された。中国で、紫微省は玄宗皇帝時代の中書省の改名、中台は則天武后時代の尚書省の改名である。

▼**藤原清河**　生没年不詳。北家房前の四男。天平勝宝四(七五二)年、遣唐大使として入唐し、唐で河清と名乗る。帰朝の際に逆風にあい唐に戻された。帰朝の機会を待ちつつ唐人とのあいだに娘が生まれたが、唐で没した。

した。

天平勝宝三年十月、聖武太上天皇は重病となり、このときはまもなく回復したが、太上天皇の健康不安は貴族たちの意識するところとなった。そうしたなかで、翌天平勝宝四年四月に大仏鋳造が一段落し、大仏開眼会が盛大に行われた。文武の官人が勢揃いし、一万人もの僧侶が集められ、つぎつぎに壮麗な楽舞が披露されるなど、空前の規模の儀礼だった。

天平勝宝五(七五三)年四月、今度は光明皇太后が重病となった。これもまもなく癒えたようだが、太上天皇も皇太后も健康が盤石とはいえないなかで仲麻呂が専権体制を固めつつあり、反発する勢力は不穏な動きをみせていた。首班の左大臣橘諸兄は仲麻呂と対立する状況となっていく。

天平勝宝六(七五四)年正月、遣唐副使大伴古麻呂が帰還し、古麻呂のつれてきた鑑真▲一行が歓待を受けた。もう一人の副使吉備真備は遅れて帰還したが、大使藤原清河は大陸に吹き戻され、帰国の機会を得られず唐で生涯をおえた。

正倉院文書に残る開眼供養会に集められた僧侶たちの名簿(「東大寺盧舎那仏開眼供養供奉僧名帳」宮内庁正倉院事務所による部分復原)　開眼師の菩提僊那や呪願師の道璿の名がみえる。

▼**鑑真**　六八八〜七六三。唐僧。日本からの留学僧普照・栄叡による交渉の末、戒師として日本に渡ることを決意。五度の渡日失敗で多くの弟子を失い、みずからも視力を失うが、天平勝宝五(七五三)年に遣唐副使大伴古麻呂の船で来日し、翌年平城京に到った。東大寺の唐禅院や唐律招提(のちの唐招提寺)で戒律を中心に指導した。

藤原仲麻呂と橘奈良麻呂

皇太后の権威を利用し勢力を増長する藤原仲麻呂に対し、橘諸兄の息子奈良麻呂は反発を強めた。奈良麻呂は、天平十七(七四五)年に聖武天皇が重病となったときから何度か謀反を画策し、一貫して黄文王の擁立と光明子や阿倍内親王の排除を考えてきた。当初は多治比氏や小野氏と共謀したが、天平勝宝年間(七四九〜七五七)になると大伴氏・佐伯氏を仲間に引き入れようとした。武門の家柄の両氏を味方に取り込むことが、決行に際し有用と考えたのだろう。

奈良麻呂が水面下でこうした動きをしていたころ、天平勝宝七(七五五)歳十一月に父の諸兄は失態をおかした。宴席で不遜な発言をし、事もあろうに自分の家政機関の者にそれを密告されたのである。聖武太上天皇は取りあわなかったが、謀反の意ありとして話は拡大し、翌天平勝宝八(七五六)歳二月に諸兄は隠居せざるをえなくなった。三カ月後の五月には聖武太上天皇が亡くなり、諸兄も後を追うように天平勝宝九(七五七)歳正月に亡くなってしまった。

聖武太上天皇と橘諸兄が亡くなったのち、仲麻呂はますます強引な施策を打ちだす。諸王の石津王▲をみずからの子としたり、孝謙天皇の居住する建物の塵

▼**石津王**　生没年不詳。天平勝宝九(七五七)歳、藤原朝臣姓を賜与され藤原仲麻呂の子となる。

▼**藤原部・久須波良部**　東国に広く分布。孝謙天皇の母が藤原氏出身のため、「藤原」の名を諱として「久須波良部」と改称させた。

▼**藤原永手**　七一四〜七七一。北家房前の二男。天平宝字元(七五七)年から中納言・大納言・右大臣・左大臣を歴任。称徳天皇崩御時に藤原百川らと光仁天皇を擁立。

▼**塩焼王(氷上塩焼)**　?〜七六四。新田部親王と不破内親王の子。橘奈良麻呂の変に関与するも免され、氷上真人姓を賜与。恵美押勝の乱で押勝に擁立されようとしたが、捕えられ斬られた。

▼**文室智努(智努王・文室浄三)**　六九三〜七七〇。長親王の子。天

よけの帳の裏側に「天下太平」の文字が浮きでる演出をし、藤原の姓を天皇の名と同じく憚らせるため、全国の藤原部を久須波良部に改称させた。さらに三月末には聖武太上天皇の遺言で立太子した道祖王に難癖をつけ、皇太子から引きずりおろしたのである。四月には誰を立太子すべきかが協議された。仲麻呂の兄の右大臣藤原豊成や藤原永手は道祖王の兄の塩焼王を推し、文室智努や大伴古麻呂は池田王を推したが、仲麻呂は「天皇の意のままに」と述べ孝謙天皇が舎人親王の子の大炊王を推挙した。すでに仲麻呂は大炊王を自邸にかくまっており、早速に仲麻呂の子である内舎人藤原薩雄が派遣され大炊王が迎えられて皇太子となったのだった。もはや仲麻呂の強引さを誰もとめられなかった。

大伴古麻呂と大伴家持

　橘奈良麻呂から謀反へと誘われたのは、大伴氏のなかでは古麻呂だった。当初、古麻呂はすぐに謀反計画に加わるほどには仲麻呂に強く反発してはいなかったようで、聖武太上天皇崩御時には同調しなかった。それが一転したのは、大炊王立太子のころからだろう。古麻呂は文室智努とともに池田王を推したが、

平勝宝四(七五二)年文室真人姓賜与。天平宝字五(七六一)年ごろ浄三と改名。同八(七六四)年致仕。称徳天皇崩御時、皇位に推されたが辞退。

▼**池田王**　生没年不詳。舎人親王の子。弟の淳仁天皇即位で親王となる。天平宝字八(七六四)年、恵美押勝の乱で土佐国に配流。

▼**大炊王(淳仁天皇)**　七三三〜七六五。舎人親王の子、船王・池田王の弟。天平勝宝九(七五七)歳立太子。天平宝字二(七五八)年即位。道鏡と親しくなった孝謙太上天皇と同六(七六二)年に対立し、恵美押勝(藤原仲麻呂)を頼るが、同八(七六四)年押勝の乱で廃位。淡路に送られ、翌年没した。

▼**藤原薩雄**　?〜七六四。藤原仲麻呂の子。天平宝字三(七五九)年に越前守。同八(七六四)年右虎賁率となるが父の乱に際し斬られたか。

その推挙は意味をなさなかったのである。直後から古麻呂は奈良麻呂と急接近し、謀反計画の役割に名を連ねていった。

一方、大伴氏嫡流の家持は、対立する両派から距離をおいていた。天平勝宝七(七五五)歳までは橘諸兄・奈良麻呂の宴席に頻繁に参加したが、八歳二月の諸兄の致仕以後、奈良麻呂にも諸兄にも近づいたようすはない。ちょうどそのころ、奈良麻呂は古麻呂を仲間にしようとしていた。古麻呂と家持は従兄弟どうしで、天平十七(七四五)年に同時に従五位下となったが、遣唐使として活躍した古麻呂が正四位下となったのに対し、大伴氏嫡流の家持はいまだ従五位上だった。唐で新羅が日本より上位とされたことに異を唱えたり、鑑真をつれてきたことで、古麻呂は仲麻呂に大きく評価されるようになっていた。

こうしたなかで、古麻呂と家持の関係は微妙になったかもしれない。天平勝宝四(七五二)年閏三月、古麻呂の渡唐に際し餞別の宴が大伴古慈斐▲の家で開かれたが、家持は参加しなかった。『万葉集』におさめられたこの宴席の歌は、一族の大伴村上▲と大伴清継から伝え聞いたものだった(巻19―4262・4263)。嫡流として古麻呂を送る立場にいながら、仲麻呂に重用される古麻呂に対し、直接の反発

▼**大伴古慈斐**　六九五〜七七七。吹負の孫、祖父麻呂の子。天平勝宝八(七五六)歳、朝廷誹謗の嫌疑で禁固。翌年の橘奈良麻呂の変で土佐国配流。宝亀元(七七〇)年に名誉回復された。

▼**大伴村上**　生没年不詳。天平勝宝六(七五四)年正月には民部少丞で、家持宅で歌をよむ。宝亀年間(七七〇〜七八〇)に肥後介・阿波守を歴任。

族を喩し歌一首（巻二〇—四四六五）

ひさかたの　天の門開き　高千穂の　岳に天降りし　皇祖の
神の御代より　はじ弓を　手握り持たし　真鹿児矢を
手挟み添へて　大久米の　ますら健男を　先に立て
靫取り負ほせ　山川を　岩根さくみて　踏み通り
国求ぎしつつ　ちはやぶる　神を言向け　まつろへぬ
人をも和し　掃き清め　仕へ奉りて　あきづ島　大和の国の
橿原の　畝傍の宮に　宮柱　太知り立てて　天の下
知らしめしける　皇祖の　天の日継と　継ぎて来る
君の御代御代　隠さはぬ　明き心を　皇辺に　極め尽くして
仕へ来る　祖の職と　言立てて　授けたまへる　子孫の
いや継ぎ継ぎに　見る人の　語り次てて　聞く人の
鑑にせむを　あたらしき　清きその名そ　おぼろかに
心思ひて　空言も　祖の名絶つな　大伴の　氏と名に負へる
ますらをの伴

【大意】　「天の岩戸を開いて高千穂の岳に天くだった天孫の神の昔から、はぜの木でつくった弓を手に取りもって、まかご矢を脇に挟みもって、久米部の勇士を先駆けとして、靫を背負わせて、山や川を、岩を押し分けて踏み越しとおり、よき国を求めて荒れ狂う各地の神たちを従わせ、反抗する人びとをしずめて抵抗を一掃することにお仕え申し上げて、大和の国の橿原の畝傍の宮で、宮殿の太い柱を立てて天下をおおさめになった皇祖の後継として、代々位を継いできた天皇に、隠すところのない曇りのない真心で、天皇の近くでささげつくしてお仕えしてきた、先祖の役目であったことであるぞ」と誓い申し上げて授けてこられたものであり、その子孫たちが代々に、みる人は語り継ぎ、聞く人は手本ともするであろう、もったいないほどの清廉なその氏の名であるぞ。いいかげんな心で考えて、かりそめにも先祖の名をたやすことのないようにせよ。大伴の氏として名を負っている、勇敢なる同輩たちよ。

はしないものの、内心おだやかでなく対抗意識もあったのではないだろうか。

天平勝宝八(七五六)歳五月、淡海三船▲と大伴古慈斐が禁固され古慈斐が出雲守から土佐守へ左遷された際に、家持は「族を喩し歌」をよんだ(巻20—4465・4466)。一族の自重をうながし、先祖代々継いできた「大伴」の名を汚さぬよう呼びかけている。家持に政変を起こす意志はなく、奈良麻呂一派が捕えられる直前の天平勝宝九(七五七)歳六月二十三日でも、次の歌をよんでいる(巻20—4483)。

移り行く　時見るごとに　心痛く　昔の人し　思ほゆるかも▲

政争の対立の渦中に身をおくのでなく、第三者的な立場からの歌である。

橘奈良麻呂の変

天平勝宝九(七五七)歳四月四日に大炊王を強引に立太子させ、五月二日に聖武太上天皇一周忌をおえた直後から、仲麻呂は反対派への対抗策を取りはじめた。五月四日には宮の修造を理由に孝謙天皇を自邸に迎え、五月二十日には現行の大宝律令を祖父不比等が編纂した養老律令に切りかえる演出を行ったうえで、仲麻呂が就いていた紫微令を紫微内相と改めて全国の軍事を掌握させ、待

▼**淡海三船(御船王)**　七二二〜七八五。大友皇子の曽孫、池辺王の子。天平勝宝三(七五一)年淡海真人姓を賜与。天平勝宝八(七五六)歳、朝廷誹謗嫌疑で大伴古慈斐とともに禁固されたが免された。文才の評価高く石上宅嗣と並び称される。『懐風藻』の編者。歴代天皇の漢風諡号を撰したともされる。

▼**移り行く……かも**　移りゆく時節のようすをみるたびに、心が痛くなるほど昔の人のことが思いだされることだ。

▼**山背王(藤原弟貞)**　?〜七六三。長屋王と藤原長娥子の子。安宿王・黄文王の弟。橘奈良麻呂の変の計画から離脱して謀反計画を密告。以後、母が藤原氏であることから藤原弟貞と名乗った。

▼**小野東人**　生没年不詳。藤原広嗣の乱にかかわったようで、天平十三(七四一)年、杖五〇の後、伊豆国に配流。のちに免されたが、

遇を大臣相当とした。仲麻呂は太政官では左大臣豊成より下の大納言だが、紫微中台で大臣相当待遇を得たうえに、武力発動の実権も得たのである。さらに六月九日、京内の武装蜂起を防止するための五カ条の勅が発令された。反対派の機先を制したのである。

六月二十八日、橘奈良麻呂らの謀議に加わっていた山背王▲が裏切って謀反計画を密告した。それでも七月二日には、事態収拾のために孝謙天皇が「祖先から受け継いだ一族の名を失うことなく仕え奉れ」と命じ、光明皇太后も縁戚関係にある者の醜聞を踏まえて「明るく清い心で朝廷にお仕えしなさい」と命じた。さきに家持が「族を喩し歌」でよんだように、貴族たちにとって、代々評価されてきた氏族の位置付けの保持が大事だった。

しかし、同日の夕方、反仲麻呂派小野東人▲に誘われた中衛舎人▲上道斐陀都▲が、上司の仲麻呂に謀反計画を密告し、また別に右大弁巨勢堺麻呂▲も計画の情報を得て奏上した。仲麻呂は東人らを捕え、関与が疑われる道祖王の自宅を包囲した。翌七月三日、名前のあがった塩焼王・安宿王▲・黄文王・橘奈良麻呂・大伴古麻呂が皇太后に呼ばれ、自重を求める詔が紫微内相仲麻呂から伝

天平勝宝九(七五七)歳、橘奈良麻呂の変に与して捕えられ、拷問中に没した。

▼**中衛舎人**　神亀五(七二八)年設置の中衛府に所属した舎人。定員三〇〇人(天平勝宝八〈七五六〉歳には四〇〇人)。

▼**上道斐陀都**　?〜七六七。備前国上道郡出身。橘奈良麻呂の変を密告し、その功で中衛少将、吉備国造となる。以後、衛府の長官や中宮大夫、諸国の守を歴任。

▼**巨勢堺麻呂**　?〜七六一。子祖父の子。天平勝宝元(七四九)年紫微中台設置の際、式部大輔兼少弼。藤原仲麻呂の信任厚く、顕官を歴任。

▼**安宿王**　生没年不詳。長屋王と藤原長蛾子の子。天平勝宝九(七五七)歳、橘奈良麻呂の変にかかわった嫌疑で佐渡国に配流。宝亀四(七七三)年高階真人姓を賜与。

えられた。しかし、七月四日には取調べ中だった東人が謀反計画を認め、安宿王・黄文王・橘奈良麻呂・大伴古麻呂らが召しだされた。取調べで奈良麻呂は反論したが抗えずに屈服した。おそらく死罪となっただろう。黄文王・道祖王・大伴古麻呂・小野東人は拷問のうちに亡くなり、安宿王・大伴古慈斐は流罪となった。

仲麻呂は反対派の主要者たちを一掃したが、なお神経を尖らせていた。七月八日に子の朝獦▲を陸奥守とし、謀反関与の疑われる佐伯全成と交替させた。全成は上京し潔白を主張したが取調べ後に自害した。九日には豊成の子乙縄▲がかかわったとして左遷し、十二日には豊成を右大臣から追い大宰員外帥に左遷する。仲麻呂は太政官の首班となり、ついに専制権力を確立した。

藤原仲麻呂政権における家持

家持は仲麻呂にも反仲麻呂勢力にも荷担しなかったが、橘奈良麻呂の変のころには、次のように時代の変化を哀しんでもいた(巻20—4484)。

咲く花は　移ろふ時あり　あしひきの　山菅の根し　長くはありけり▲

▼**藤原朝獦**　?〜七六四。藤原仲麻呂の子。天平宝字四(七六〇)年陸奥按察使兼鎮守府将軍として雄勝城・桃生城を造営、多賀城を修造。天平宝字八(七六四)年、父の乱に従い近江国で斬られた。

▼**藤原乙縄**　?〜七八一。橘奈良麻呂の変で誣告により日向員外掾に左遷。恵美押勝の乱後免され、宝亀十(七七九)年に参議。

▼**咲く花は……けり**　咲く花は時の経過によって色あせていく。しかし、山菅の根のように長く続くものもあるのだ。

▼**右中弁**　太政官の右弁官局で右大弁に次ぐ官職。官位相当は正五位上。

▼**大原今城**　生没年不詳。今城王が大原真人を賜姓されたか。今城王の母は大伴坂上郎女とみる説が有力。その場合、今城は家持の従兄弟となる。恵美押勝の乱に関与したためか、称徳天皇期に

右の一首は、大伴宿禰家持の、物色の変化を悲怜みて作りしものなり。

奈良麻呂の変の後、家持は右中弁▲に任じられており、仲麻呂から敵対勢力とはみられていなかったようである。

翌天平宝字二(七五八)年二月、家持は大原今城▲・三形王・市原王・甘南備伊香(伊香王)▲・中臣清麻呂▲らとあっていた。今城は家持の従兄弟で、仲麻呂の息子藤原執弓とも交流がある。家持・今城・清麻呂・伊香の四人は「興に依りて各高円の離宮の処を思ひて作りし歌五首」をよみ(巻20―4506～4510)、聖武天皇の行幸に従い狩りを行った高円離宮▲をしのんだ。

一方、大伴氏一族のなかから仲麻呂に迎合する者もみられるようになる。家持の叔父稲公は、大和守として仲麻呂の策謀に荷担したらしい。同月に大和国城下郡で虫が根に文字を掘った珍しい藤がみつかり、現政治体制が天から肯定されたことを示すとされたが、これも仲麻呂側の演出だろう。

天平宝字二年六月、家持は因幡守に任じられた。同日に、奈良麻呂の変直後に春宮大夫兼右京大夫とされた佐伯毛人▲が常陸守、参議で治部卿の文室智努が出雲守となったが、この二人は仲麻呂が比較的信用をおいている。家持の任

位階を剝奪されたが、宝亀二(七七一)年に名誉回復された。

▶**甘南備伊香(伊香王)**　生没年不詳。敏達天皇後裔。天平勝宝三(七五一)年、甘南備真人姓を賜与。

▶**中臣清麻呂(大中臣清麻呂)**　七〇二～七八八。意美麻呂の子。天平宝字五(七六一)年ごろ紫微大忠、同六年参議。天平神護元(七六五)年神祇伯。神護景雲三(七六九)年に大中臣朝臣姓賜与。宝亀二(七七一)年他戸親王の東宮傅、同年右大臣。天応元(七八一)年致仕。

▶**高円離宮**　現在の奈良市東南方向に高円山があり、山麓に聖武天皇の離宮があったとみられる。

▶**佐伯毛人**　生没年不詳。天平勝宝元(七四九)年、紫微大忠。同八(七五六)年に中衛少将。恵美押勝の乱で天平神護元(七六五)年、多褹島守に左遷。

官が左遷なのか、信用をおいてのことなのか、仲麻呂の意図はわかりにくい。七月五日に大原今城宅で餞別の宴が開かれ、やがて家持は因幡国に赴任した。

八月一日、都では孝謙天皇が皇太子大炊王に譲位した(＝淳仁天皇)。二十五日に仲麻呂は大保(右大臣に相当)に任じられ、藤原恵美朝臣押勝の名と功封三〇〇〇戸・功田一〇〇町などがあたえられた。この日、押勝は太政官を乾政官とするなど、中央官司の名称を中国風に改めた。押勝は唐を模した政策を推進し改革に取り組んだが、一方で自身と一族を極端に優遇し栄華を極めた。

翌天平宝字三(七五九)年正月一日、家持は因幡国庁で国司・郡司とともに年頭の宴を開いて、次の歌をよんだ(巻20—4516)。

新しき　年の初めの　初春の　今日降る雪の　いやしけ吉事▲

『万葉集』の最後の歌である。因幡国での歌はこの一首のみで、以後の家持の歌は残っていない。越中国での歌が多く残るのと比べ対照的である。政争の激しい貴族社会をうとみ「歌わぬ人」になったとする見解もあるが、歌をやめた根拠はなく、その後も歌をよんだとみるのが自然である。ただし、熱心に越中の情景を詠み込んだ時期とは異なる立場になったことが、自覚されていただろう。

▼**新しき……吉事**　新しい年の初めである正月の今日にふっている雪のように、ますますよいことが重なってほしい。

▼**保良宮**　天平宝字三(七五九)年から陪都として造営され、平城京に対し北京とされる。滋賀県大津市国分付近とみられる。

▼**信部大輔**　信部省(元中務省)の次官。

▼**内道場**　宮中で仏事を行う場。天平九(七三七)年が初見。

▼**道鏡**　?〜七七二。河内国出身の僧。俗姓弓削氏。天平宝字六(七六二)年、孝謙太上天皇看病に功あり恩寵をこうむる。法王とな

家持の因幡守在任のあいだに藤原恵美押勝政権は動揺しはじめる。天平宝字四(七六〇)年六月、光明皇太后が崩御した。孝謙太上天皇はやがて押勝の意にそわない独自の行動をとるようになる。天平宝字五(七六一)年十月、平城宮改作のため太上天皇・天皇は保良宮▲に移り滞在した。そして家持も天平宝字六(七六二)年正月に信部大輔▲に任じられ都に戻った。皇太后の影響から解放された孝謙太上天皇は、内道場▲に供奉する道鏡▲に看病をさせ寵愛した。道鏡への過度な寵愛を淳仁天皇はたびたび諫言したため、五月になると太上天皇と天皇のあいだは決裂し、ともに平城京に帰って、太上天皇は法華寺▲、天皇は中宮院▲へ別々に滞在することになる。

藤原宿奈麻呂事件と藤原恵美押勝の乱

天平宝字六(七六二)年九月、押勝に次ぐ地位にあった御史大夫▲兼文部卿▲神祇伯の石川年足▲が亡くなり、家持は佐伯今毛人▲とともに政府からの弔いの使者をつとめた。押勝は家持を排除しておらず、家持もあたえられた任務をこなしている。しかし、その裏側で家持は反押勝の動きを取りはじめていた。

り皇位を狙うが宇佐八幡神託事件で失敗。称徳天皇崩御後、下野薬師寺別当に左遷。

▼**法華寺**　光明皇后が父藤原不比等から相続した平城宮東隣の地につくった寺院。大和国国分尼寺となり、全国の総国分尼寺にあたる。

▼**中宮院**　平城宮中枢部東区内裏説と中央区内裏説がある。

▼**御史大夫**　天平宝字二(七五八)年に大納言を改称したもの。

▼**文部卿**　文部省(元式部省)の長官。

▼**石川年足**　六八八〜七六二。石足の子、名足の父。藤原仲麻呂政権を支え『別式』を編纂。現在の大阪府高槻市で墓誌(国宝)が出土。

▼**佐伯今毛人**　七一九〜七九〇。人足の子。大仏造営に携わり造東大寺司で活躍。佐伯氏で唯一、延暦三(七八四)年参議にのぼる。

押勝の息子のうち、真先(執弓)がこの年正月に参議となっていたが、訓儒麻呂(久須麻呂)と朝獦も十二月に参議に任じられ、親子で太政官内部を固めるようになった。押勝の従兄弟藤原宿奈麻呂▲はこの状況に反発し、押勝殺害をはかって佐伯今毛人・石上宅嗣・大伴家持の三人と計画を練ったが、時期は不明ながら発覚し捕えられた。宿奈麻呂は、自分一人の企てで他の者は関わりないと答え、宿奈麻呂だけが姓と位階を剝奪されたという。今毛人は天平宝字七(七六三)年四月に造東大寺司▲長官を解任されており、おそらく計画の露見はこれ以前とみられる。宿奈麻呂が誘ったのは、大伴・佐伯・石上(物部)の諸氏の中心人物で、いずれも古くから軍事にかかわる名族だった。こうした点は橘奈良麻呂の変の謀反計画と共通し、氏族に対する意識がうかがわれる。すでに天平勝宝年間(七四九〜七五七)から家持と石上宅嗣の交流はあり、旧知の間柄で極秘裏に計画が進められていた。

宿奈麻呂のみが厳罰となり、あやうい局面を切りぬけた家持だが、天平宝字八(七六四)年正月には薩摩守に任官される。同日に今毛人は営城監▲、宅嗣は大宰少弐というように西海道の官職に任じられており、いずれも押勝による

▼藤原宿奈麻呂(良継)　七一六〜七七七。式家宇合の二男。母は石川麻呂の女。宝亀元(七七〇)年良継と改名。藤原広嗣の乱に坐し伊豆国配流。翌々年免される。恵美押勝の乱に戦功をあげ、のちに光仁天皇擁立に功績。

▼造東大寺司　東大寺造営と経営のための官司。天平二十(七四八)年に創始。延暦八(七八九)年廃止され東大寺造寺所となる。

▼営城監　大宰府管内の城を整備するために設置された官職。

▼知家事　家政機関管轄の官職。

▼石川名足　七二八〜七八八。年足の子。陸奥鎮守副将軍・陸奥鎮守将軍・陸奥守を歴任。聡敏だが周囲への批判は厳しかったという。『続日本紀』編纂にもあたる。

左遷だろう。一方、この日に押勝は息子執棹を美濃守、辛加知を越前守とし、さらに越前介に藤原恵美家の知家事▲村国虫麻呂、伊勢守も押勝派の石川名足▲とした。こうして要衝の三関を擁する伊勢国・美濃国・越前国を押さえただけでなく、中央の衛府でも息子の薩雄を右虎賁率▲とし、ほかにも自派の官人を配して強権で反対派を押さえ込もうとした。

みずからが擁する淳仁天皇では孝謙太上天皇に対抗できず、徐々に反対派が活発となる状況で、押勝は武力掌握を急いだ。九月二日に都督四畿内三関近江丹波播磨等国兵事使という特別官の設置を申し出てみずからこれに就き、畿内近国の軍事権を支配下におき、諸国から兵士二〇人を集めることが許されたが、押勝はその兵士数を改竄してより多く集めようとした。さらに押勝は淳仁天皇の兄弟の船親王▲・池田親王を巻き込み謀議を重ねた。太政官で押勝に次ぐ御史大夫文室浄三が押勝と対立して隠居し、もともと押勝派だった高丘比良麻呂▲や大津大浦▲が押勝の不正を密告するにいたる。九月十一日、孝謙太上天皇は先手を打って淳仁天皇のもとにあった駅鈴と内印を回収し、その過程で押勝の息子久須麻呂が坂上苅田麻呂▲らに射殺された。押勝は中衛府を動かして駅鈴

▼**右虎賁率**　右虎賁(元右兵衛府)の長官。

▼**船親王**　生没年不詳。舎人親王の子。弟の淳仁天皇即位で親王となる。天平宝字八(七六四)年、恵美押勝の乱で隠岐国に配流。

▼**高丘比良麻呂**　?〜七六八。祖父は六六三年帰化の百済沙門詠。父楽浪河内は神亀元(七二四)年高丘連姓賜与。文筆能力を買われ紫微中台少疏や大外記を歴任。恵美押勝の乱後、法王宮亮となる。

▼**大津大浦**　?〜七七五。陰陽家として藤原仲麻呂(藤原恵美押勝)に重用されたが、押勝の謀反を密告。翌年、和気王の変で日向守に左遷。宝亀元(七七〇)年に免され陰陽頭。

▼**坂上苅田麻呂**　七二八〜七八六。田村麻呂の父。武人として知られる。天応二(七八二)年氷上川継の変に坐したが復職。娘全子が桓武天皇妃となる。

と内印を再度奪取し、軍事衝突が拡大する。

優位に立てない押勝は、態勢を立てなおすため近江国庁に向かったが、反対派や追討軍に交通を遮断され、越前国をめざして琵琶湖西岸を北上した。そして、内印を使って太政官符を勝手につくり、氷上塩焼を皇位に就けたと伝え、兵力を調達しようとする。しかし、太上天皇方は先回りして越前守辛加知を斬り、愛発関を押さえていた。もはや敵軍に挟まれ、不利となった押勝は、最後はわずかに妻子と船に乗って湖上に逃げたが、つかまって首を刎ねられた。

押勝軍との戦いの際、藤原宿奈麻呂は免されて政界に復帰した。乱後、藤原豊成が右大臣に復帰し、道鏡が大臣禅師▲に任じられた。押勝の改めた中国風の官司・官職名も元に戻された。乱の一カ月後、孝謙太上天皇の詔で淳仁天皇が廃されて淡路国に幽閉され、太上天皇がふたたび皇位に就いた(称徳天皇)。

称徳天皇・道鏡政権における家持

藤原恵美押勝政権が瓦解しても、家持は薩摩守のままだった。藤原宿奈麻呂は乱後に従四位下勲四等、十月には正四位下となり大宰帥に任じられ、天平

▼**大臣禅師**　天平宝字八(七六四)年設置。俗官の左右大臣に相当。

▼**造西大寺長官**　西大寺造営のためにおかれた造西大寺司の長官。初見は天平神護三(七六七)年。

神護二(七六六)年十一月には従三位となる。石上宅嗣は天平神護元(七六五)年二月に中衛中将となる。佐伯今毛人は同月に大宰大弐だったが、天平神護三(七六七)年二月に造西大寺長官▲となる。かつて山上憶良や安積親王とのあいだで家持と交流があった藤原御楯(八束)は、押勝に才能をねたまれたと伝えられるが、押勝政権下でも中納言までのぼっている。乱では押勝追討の側に立ち乱後に大納言となったが、天平神護二年に五二歳で亡くなった。こうした仲間の動向に対して、家持は神護景雲元(七六七)年八月に大宰少弐に異動したが、中央から遠ざけられたままで、位階も変わらなかった。

称徳天皇は道鏡への寵愛の度をいっそう深めていく。天平神護元年閏十月には道鏡を太政大臣禅師▲にし、同二年十月にはさらに法王▲の地位に就けた。法王は仏教界の第一の職として設置されたが、俗界での天皇や皇親に準じる地位であり、急速な権力付与によって政治はゆがめられていた。

この間も家持の位階はすえおかれていた。天平二十一(七四九)年四月に従五位上となって以来、実に二一年半もそのままであり、明らかな処罰のないなかできわめて異例である。称徳天皇が亡くなり道鏡が下野薬師寺へ左遷されたの

西大寺塔跡

▼ **太政大臣禅師**　天平神護元(七六五)年設置。俗官の太政大臣に相当。

▼ **法王**　天平神護二(七六六)年設置。法王宮職を設け皇太子に準じる。

ちの宝亀元(七七〇)年十月になって、ようやく正五位下に叙されることになる。なにが原因かは不明だが、称徳天皇や道鏡との関係がよほどよくないのだろう。家持は、父旅人が帥だった時期以来、三七年ぶりに大宰府に居住した。父のつとめた大宰府への任官は感慨もあっただろう。しかし、家持ももう五〇歳を迎えていた。父は同じ年齢ですでに従四位上だったし、五一歳で中務卿にもなった。朝廷の評価が低いことは自身も周囲も十分にわかっていただろう。

当時の大宰府では、新羅との外交問題がもっとも厄介だった。新羅からは数年に一度使者が大宰府に来たが、なにを目的として来たのかをみきわめ中央に報告しなければならない。新羅との国交は悪化の一途をたどり仲麻呂(押勝)政権は征討計画を立てたほどだが、使者が携行する舶来品は貴族たちの羨望の的だった。天平勝宝四(七五二)年に新羅使が平城京に滞在した際は、貴族たちが彼らから薬や香料をきそって手にいれた。新羅の使者が都まで来なければ、滞在先の大宰府での交易実現が貴族たちの望みだろう。神護景雲二(七六八)年には新羅使からの物品購入のため、大宰府保有の綿を大臣以下に賜った。家持が現地で交易にどうかかわったかは不明だが、道鏡の弟弓削清人▲が帥となったこ

大宰府から綿を貢納した荷札木簡
(平城宮木簡)

▼**弓削清人**　生没年不詳。道鏡の弟。恵美押勝の乱鎮圧後に破格の昇叙をとげ、天平神護二(七六六)年以後議政官となる。神護景雲四(七七〇)年、称徳天皇崩御後に土佐国に左遷。天応元(七八一)年免されて本貫地に戻る。

▼**藤原楓麻呂**　七二三～七七六。北家房前の子。宝亀三(七七二)年に参議となる。

とは大きな影響があっただろう。清人は大納言までのぼり、神護景雲二年十一月に大宰帥をかねた。現地赴任した可能性は低いが、大宰府全体の差配は彼に従わざるをえない。家持が少弐となった時点で大弐は北家の藤原楓麻呂だったが、弓削清人就任と同時に大弐は式家の藤原田麻呂となった。

神護景雲三(七六九)年、大宰府主神習宜阿曽麻呂が道鏡に媚び、宇佐八幡神が「道鏡を皇位に就ければ天下が太平になる」と告げたと述べ、確かめるため和気清麻呂が宇佐神宮に派遣された。道鏡は皇位を狙っていたが、帰還した清麻呂は「継承者には必ず皇統の者を立て、理屈のとおらない者は排除せよ」と八幡神が述べたと報告した。道鏡は怒って清麻呂を大隅国に配流し、さらに称徳天皇の側近だった清麻呂の姉法均も還俗のうえで備後国へ配流した。大宰府主神が媚びるなど九州にも道鏡の影響力がおよんでいたが、大弐田麻呂や少弐家持が荷担した痕跡はない。こうした動向のもとで、家持はじっとたえていた。

▼**藤原田麻呂**　七二二〜七八三。式家宇合の子。天平十二(七四〇)年兄広嗣の乱に坐し隠岐配流。のちに免され右大臣までのぼる。

▼**主神**　大宰府の神祇担当官。

▼**宇佐八幡神**　豊前国宇佐郡に鎮座。大仏造立を助けたとされる。早くから神仏習合し、八世紀前半には宇佐八幡弥勒寺があった。

▼**和気清麻呂**　七三三〜七九九。神護景雲三(七六九)年宇佐八幡神託事件で別部穢麻呂と改名され大隅国配流。翌年、道鏡左遷後免された。長岡京・平安京遷都に活躍。

▼**法均(和気広虫)**　七三〇〜七九九。清麻呂の姉。孝謙天皇(称徳天皇)に女官として仕え、恵美押勝の乱後の助命嘆願や孤児養育に尽力。天皇の出家に従い法均と称した。宇佐八幡神託事件で別部狭虫と改名され備後国に配流。翌年免された。

⑤—議政官への道

称徳天皇崩御と光仁天皇即位

転機はやってきた。神護景雲三(七六九)年十月の由義宮▲行幸の際に称徳天皇は病となり、翌四(七七〇)年四月に平城京へ戻った。夏には重篤となり、六月十日に左大臣藤原永手と右大臣吉備真備に命じて七衛府を二手に分けて統轄▲させた。中央の軍事力は道鏡の手の届かぬところで掌握される。直後の六月十六日、家持は民部少輔に任じられ中央官司へ久方ぶりに戻った。

橘奈良麻呂の変の処罰者二六二人が罪を免されるなど、天皇自身が過去を悔い改めるかのような措置が行われたが、天皇は八月四日に崩じた。道鏡は後盾を失ったのである。崩御直後、白壁王▲がにわかに皇太子に立てられ、称徳天皇が山陵にほうむられたのちの八月二十一日、皇太子の令旨で道鏡が下野薬師寺▲へ追放され、弟の弓削清人とその子らも土佐国に配流となった。入れ替わりに、九月六日に和気清麻呂と姉の広虫が都に戻される。本来あるべき扱いに戻ったと思われる家持も、九月十六日には左中弁兼中務大輔に任じられた。

▼**由義宮**　神護景雲三(七六九)年河内国におかれた宮。西京と称され河内職が管轄した。現在の大阪府八尾市に比定する説が有力。

▼**七衛府の統轄**　左大臣藤原永手が近衛府・外衛府・左右兵衛府を管轄し、右大臣吉備真備が中衛府・左右衛士府を管轄した。

▼**白壁王(光仁天皇)**　七〇九～七八一。天智天皇の孫、施基親王の子。母は紀橡姫。神護景雲四(七七〇)年称徳天皇崩御時、大納言から立太子し、その後に即位。天応元(七八一)年山部親王(桓武天皇)に譲位し、同年末に崩御。

▼**下野薬師寺**　現在の栃木県下野市にあった。前身は下毛野氏の氏寺か。天平宝字五(七六一)年戒壇を設置し天下三戒壇の一つとなる。

白壁王は天智天皇の孫である。十月一日に即位し(光仁天皇)、元号は宝亀と改められた。王は天平宝字六(七六二)年から議政官であり、称徳天皇崩御時は左大臣藤原永手、右大臣吉備真備に継ぐ大納言だった。道鏡を排し皇位継承者を立てるため、時の議政官らは同じ立場の白壁王を擁立したのである。しかし、右大臣吉備真備は天武天皇の孫の文室浄三を推し、同意する者もあったらしい。藤原雄田麻呂(こののち、百川▲と名乗る)が左大臣藤原永手・内大臣藤原宿奈麻呂(こののち、良継と名乗る)と策謀をめぐらせ阻止したとも伝えられる。

家持にとっては、大納言大中臣清麻呂、中納言藤原宿奈麻呂、参議石上宅嗣など交流のある貴族たちが議政官におり、佐伯今毛人も左大弁にあって、藤原宿奈麻呂事件の関係者が要職にならんでいた。家持の位階も十月に正五位下、翌宝亀二(七七一)年十一月には正五位上を飛ばして従四位下となった。これまでの不遇が考慮されたのだろう。左中弁の属する弁官局は、中央・地方を問わず議政官への報告を取りまとめ、太政官符▲など外部への命令を発行する。家持はこれまででもっとも多忙な毎日だったろう。宝亀三(七七二)年二月には、左中弁のまま兼官が中務大輔から式部員外大輔に遷った。この年の家持の自筆

▼**藤原雄田麻呂(百川)**　七三二〜七七九。式家宇合の子、広嗣・宿奈麻呂(良継)の弟、緒嗣の父。宝亀二(七七一)年ごろ百川と改名。光仁天皇の擁立、皇太子他戸親王の廃太子、山部親王立太子などに貢献。宝亀九(七七八)年には参議、中衛大将兼式部卿にのぼる。娘の旅子は桓武天皇の夫人として淳和天皇を生み、のちに皇太后となった。

▼**太政官符**　太政官が管轄下の諸司に命じる下達文書の様式。議政官からの指示を受けて左右弁官局で作成する。

▼**井上内親王** 七一七～七七五。聖武天皇と県犬養広刀自の皇女。神亀四(七二七)年、斎宮として伊勢に派遣される。のちに白壁王の妃となり他戸王を生む。宝亀元(七七〇)年白壁王即位により皇后となるが、同三(七七二)年に巫蠱の嫌疑で皇后を廃され、子の他戸王とともに大和国宇智郡の没官の宅に幽閉され、同六(七七五)年に二人は同日に没した。

▼**他戸王(他戸親王)** 七五一か七六一～七七五。光仁天皇と井上内親王の子。宝亀二(七七一)年立太子するが、母の魘魅大逆の嫌疑で廃太子となり、母とともに大和国宇智郡に幽閉され、没した。

▼**高野新笠(和新笠)** ?～七八九。光仁天皇の夫人、桓武天皇・早良親王の母。和乙継と土師真妹の女。宝亀年間(七七〇～七八〇)に高野新笠と改姓。天応元(七八一)年桓武天皇即位により皇太夫人となる。

署名のある文書が二通残されている。正月十三日と五月二十日に発行された太政官符であり、それぞれの末尾に左中弁の家持が自署を加えている(扉写真参照)。肩書きから「大伴宿禰」までの部分は下級の書記の筆だが、名の「家持」の二文字が、わずかに現代に伝えられた貴重な家持自身の筆跡である。

白壁王の室の井上内親王▲は聖武天皇の娘で、子として他戸王▲がいた。聖武天皇からの系譜を井上内親王を介して他戸王へと継承させることが、この擁立の目的と考える研究者もいる(八八ページ系図参照)。光仁天皇の即位によって他戸王は他戸親王となる。翌月に井上内親王は皇后となり、年が明けた一月に他戸親王は皇太子となった。

白壁王には他戸王以外にも数人の子があった。高野新笠▲とのあいだの子である山部王▲もその一人である。山部王は官人として大学頭などの経歴があったが、六二歳という高齢の父帝の子として親王となり、にわかに皇位継承候補者のうちに数えられるようになった。山部親王の母である高野新笠は百済系の渡来人を祖とする和乙継を父、土師真妹を母とし、出自においては他戸親王とは比べようもなかったが、一つの事件によって立場が変わることになる。

▶ **山部王（山部親王、桓武天皇）** 七三七〜八〇六。光仁天皇と高野新笠の皇子。宝亀四（七七三）年立太子。天応元（七八一）年光仁天皇の譲位により即位。弟早良親王を皇太子とするが、延暦四（七八五）年藤原種継暗殺に関与の嫌疑で廃太子し、子の安殿親王を立太子。長岡京・平安京への遷都を実施し、対蝦夷戦争を継続したが、延暦二十四（八〇五）年天下徳政論争を受け、造都と征夷の事業を停止。

▶ **呪詛**　呪術によって鬼神や霊の力を借り、特定の相手を貶めようとすること。

▶ **大伴駿河麻呂**　？〜七七六。御行の孫。天平勝宝九（七五七）歳橘奈良麻呂の変に坐したが、処罰は不明。宝亀三（七七二）年、光仁天皇の強い希望で陸奥按察使に任じられ、対蝦夷戦争に向かい功績をあげるが任地で没した。

宝亀三年三月、井上皇后が天皇を呪詛し謀反を企んだと密告され、皇后の地位を追われた。みずからが皇嗣の資格もありうる立場だったが廃后となり、その余波は他戸親王にもおよぶ。五月末には謀反大逆者の子を皇太子のままにできぬとして他戸親王も廃太子となり、庶人の扱いを受けた。一連の動きは藤原百川の策謀とされ、山部親王は光仁天皇の有力な後継者となった。宝亀四（七七三）年一月、中務卿だった山部親王は皇太子となり、皇位への道をあゆみはじめる。

陸奥国の情勢

宝亀三（七七二）年九月、家持の再従兄弟（祖父どうしが兄弟）の大伴駿河麻呂が陸奥按察使兼陸奥守に任じられた。貴重な金や漆の産出国で、蝦夷との交易によって良馬も手に入る陸奥国だが、蝦夷との関係は流動的であり、つねに警戒をおこたることはできない国でもあった。駿河麻呂は老齢を理由にいったん辞退したが、光仁天皇は、陸奥国へは誰でもよいわけではなく、自分の心にかなうのは駿河麻呂のみであり、あえて任じたのだと諭して赴任させた。陸奥按察使は陸奥・出羽両国を管轄する重職で、さらに翌年七月には鎮守将軍をも兼任し、民政から軍事まですべてを一手に引き受けることになった。

宝亀五(七七四)年七月、多賀城以東の沿岸地域の海道蝦夷▲が反乱を起こし桃生城を攻撃した。駿河麻呂たち陸奥・出羽両国の官人は、討伐と懐柔の両様で事にあたり、なんとか鎮圧した。途中で「軽しく軍興を論じ、首尾計を異にする」と天皇から譴責されもしたが、現場での臨機応変な対処が結果として成功をもたらしたのだろう。宝亀六(七七五)年十一月、論功行賞があり、駿河麻呂は正四位上勲三等を授けられた。軍功を称された駿河麻呂は、大伴氏の評価をさらにあげることとなり、のちに家持の陸奥への任官につながったと考えられる。

駿河麻呂は宝亀七(七七六)年に陸奥国で亡くなった。陸奥国の安定も長くは続かず、同十一(七八〇)年には伊治郡大領伊治呰麻呂▲が牡鹿郡大領道島大楯▲を殺害し、続けて参議陸奥按察使鎮守副将軍紀広純▲をも殺害して多賀城を焼討ちにした。この反乱ののち、戦争状態が継続して、陸奥・出羽両国へ坂東や北陸道諸国からの物資補給と兵力動員が続き、東日本全体が対蝦夷戦争に巻き

▼**海道蝦夷**　陸奥国で、桃生城以東の海岸沿いに分布する蝦夷。内陸地域の蝦夷の呼称「山道蝦夷」と対にして呼ばれる。

▼**伊治呰麻呂**　生没年不詳。陸奥国北部の此治郡(伊治郡・栗原郡)を根拠とする、国家に帰属した蝦夷首長。宝亀十一(七八〇)年、覚鱉城造営のため陸奥按察使紀広純が伊治城に赴いた際、反乱し牡鹿郡大領道島大楯と広純を殺害。陸奥介大伴真綱を多賀城に護送させたが、呰麻呂のその後は不明。真綱と掾石川浄足は多賀城から逃げ、人びとが城を放棄したため、反乱軍は多賀城内の物を奪い放火した。

▼**道島大楯**　?〜七八〇。陸奥国牡鹿郡を根拠とした道島島足の親族か。伊治呰麻呂を蝦夷としてつねに蔑んだため恨みを買い、伊治城で殺害された。

込まれていった。この戦争は、のちに戦争状態が収束した弘仁二(八一一)年に、文室綿麻呂▲によって宝亀五年から「卅八歳」続いた(三十八年戦争)と振り返られている。

家持の参議任命と桓武天皇即位

家持は宝亀五(七七四)年三月に相模守となった。左中弁と式部員外大輔の職からは離れたようだが、相模国に赴任した痕跡はなく、赴任を求められる状況ではなかったらしい。やがて半年後の九月には左京大夫▲兼上総守となった。左京大夫は在京でなければつとまらないので、上総守は遙任とみられる。

この左京大夫在任はわずか一年余りで、宝亀六(七七五)年十一月には衛門督▲に任じられた。武門の家柄として、ついに衛府長官の職がまわってきたのである。当時の七衛府(衛門府・左右衛士府・左右兵衛府・中衛府・近衛府)のなかでは、衛門府は宮城のもっとも外側の宮城十二門の警備を担当する。宮城十二門の正門に名を残す大伴氏として、衛門府の長官に任じられたことは、おおいに感じるところがあっただろう。若い時期に「大伴の名」にこだわっていた家持

▼**紀広純**　?〜七八〇。恵美押勝の乱後に薩摩守に左遷。宝亀年間(七七〇〜七八〇)に東北経営に抜擢され、宝亀五(七七四)年鎮守副将軍として蝦夷追討に功あり。陸奥守兼按察使、陸奥鎮守将軍となるが、覚鱉城造営に際し伊治呰麻呂に殺害された。

▼**文室綿麻呂**　七六五〜八二三。浄三(智努)の孫。弘仁元(八一〇)年平城上皇の変で上皇方につき捕えられたが、坂上田村麻呂の意見で許された。翌年陸奥出羽按察使征夷将軍となり、陸奥国北方の蝦夷を平定。

▼**左京大夫**　左京職の長官。官位相当は正五位上。

▼**衛門督**　衛門府の長官。官位相当は正五位上。衛門府は靫負の系譜に連なり、宮城門と宮門を守衛する。

の心情がしのばれる。

しかし、この衛門督在任もわずか数カ月で、翌宝亀七(七七六)年三月には伊勢守となった。その年のうちに大伴駿河麻呂が陸奥で亡くなった。翌宝亀八(七七七)年八月には大和守の大伴古慈斐も八三歳で亡くなる。橘奈良麻呂の変以来の政争をくぐりぬけてきた大伴氏の長老があいついで亡くなり、家持も一族の重鎮となってきた。古慈斐の亡くなった翌九月、内大臣藤原良継が六二歳で亡くなった。押勝に反旗をひるがえそうとした天平宝字七(七六三)年、計略が発覚した際に一人で罪をかぶった宿奈麻呂(良継)は、その後も朋友であり続けただろう。二歳年上の彼の死は家持には寂しい出来事だったろう。中央政界では、宝亀十(七七九)年から天応元(七八一)年にかけて、高官の死亡が続く。山部親王と結託して策謀に暗躍したとみられる参議藤原百川は、親王の即位を見届けることなく、宝亀十年七月に四八歳で没した。十二月には中納言の藤原縄麻呂が、翌宝亀十一(七八〇)年十一月には元大納言で正三位の文室邑珎▲(大市王)が亡くなった。

こうした状況下で、家持は宝亀八年に従四位上、同九年に正四位下に叙され、

▼**文室邑珎(文室大市・大市王)**　七〇四〜七八〇。天武天皇の孫、長親王の子。天平勝宝四(七五二)年文室真人姓を賜与され、宝亀二(七七一)年には大納言にのぼる。宝亀五(七七四)年に致仕。皇位継承問題に巻き込まれぬよう出家して保身したという。

▼**早良親王**　七五〇〜七八五。桓武天皇の弟。神護景雲二(七六八)年出家して東大寺にいたが、天応元(七八一)年に兄の即位にともない立太子。延暦四(七八五)年藤原種継暗殺事件に関与した嫌疑で廃太子。淡路に配流される途上で没した。桓武天皇はその怨霊に悩み、延暦十九(八〇〇)年に崇道天皇の号を贈った。

同十一年二月、六三歳で参議となる。父が議政官となった年齢に遅れること九歳、ようやく公卿の仲間入りを果たした。八日後、参議に加えて右大弁兼任となり、政務の中枢をまかされるようになる。

家持が参議となった翌年(七八一)正月一日、元号が天応と改められた。高齢の光仁天皇は三月に病が重くなり、四月三日には譲位して皇太子山部親王が即位(桓武天皇)した。四日には桓武天皇の同母弟早良親王が皇太子となり、十四日に春宮坊官人が任命された。東宮傅には中納言中務卿藤原田麻呂、春宮大夫には参議右京大夫(直前に右大弁から右京大夫となったらしい)家持、春宮亮には紀白麻呂が任じられた。田麻呂と家持は称徳天皇時代にそれぞれ大宰大弐と少弐だったので、旧知の仲である。家持は翌日正四位上に昇叙し、五月に兼任が左大弁に遷った。春宮坊官人は皇太子と親しく接する。家持が早良親王の春宮大夫となったことは、のちの藤原種継暗殺事件への伏線となっていく。

この年六月二十二日に、家持と懇意の右大臣大中臣清麻呂が八〇歳で致仕した。その二日後には、大納言石上宅嗣が五三歳で亡くなった。文人として知られた彼は、旧宅を阿閦寺とし、その一角に中国書籍を集めた芸亭をおいてい

▼**春宮坊**　律令制で皇太子の宮を経営する家政機関。令制では管轄下に舎人監・主膳監・主蔵監・主殿署・主書署・主漿署・主工署・主兵署・主馬署があった。

▼**東宮傅**　皇太子を道徳で導く官職。官位相当は正四位上。

▼**紀白麻呂**　生没年不詳。宝亀十(七七九)年に造東大寺司次官。天応元(七八一)年春宮亮となり、藤原種継暗殺に坐し配流されたが、延暦二十五(八〇六)年本位に復した。

▼**藤原種継**　七三七～七八五。式家宇合の孫、清成の子。天平神護年間(七六五～七六七)から台頭し、桓武天皇即位後は恩寵をこうむる。延暦三(七八四)年に造長岡宮使となり、長岡宮造営に尽力。翌年暗殺された。

▼**芸亭**　石上宅嗣が私邸に設けた儒教経典の文庫を公開したもの。

た。文人どうしの交流の中心となっていただろう彼の死は、一一歳年上の家持にとっても、頼りとすべき存在を失う大きな出来事だったにちがいない。

母をとむらう

このころ家持は母を喪った。父旅人亡き後を見守ってきた母が何歳だったかは伝わらない。『続日本紀』▲天応元(七八一)年八月甲午条にはこうある。

正四位下大伴宿禰家持を左大弁兼春宮大夫と為す。是れより先、母の憂ひに遭ひて解任せり。是に至りて復す。

家持は八月八日に復帰するまで、母の喪に服していた。五月七日に左大弁を兼官したので、それ以降に母が亡くなったのだろう。喪に服していたのは長くても三カ月、実際はおそらくそれより短かかっただろう。

律令では、仮寧令▲3職事官条に「およそ、職事官、父母の喪に遭はば、並びに解官せよ」という規定があり、父母が亡くなると、服喪のためいったん官職から解任され、喪が明ければ元の官職に復帰する。服喪期間についても喪葬令▲17服紀条に規定があり、父母の喪は一年間と定められていた。しかし、こうし

▼『続日本紀』　六国史の第二。延暦十六(七九七)年に完成し、文武天皇から桓武天皇の代までをおさめる。

▼仮寧令　令で、官人の休暇について定めた条文の編目。

▼喪葬令　令で、官人身分以上の者が亡くなった際の、葬送・陵墓・服喪などについて定めた条文の編目。

た原則を枉げる条文もある。儀制令▲20遭重服条には、もっとも重い父母の喪にあっても、その人が欠けると国政に支障を来たす場合には、「情を奪って職に従う」、すなわち我慢して職務を遂行してもらうことがあると示されている。

家持は原則どおりなら母の喪に一年間服すはずだったが、参議・左大弁・春宮大夫という要職のためか、その服喪期間を切り上げて職場に復帰したのである。貴族社会の現実は、儒教的孝行を理想どおり実現できるものでもなかった。

▼**儀制令**　令で、朝廷の儀礼や祥瑞、親族関係の等親について定めた条文の編目。

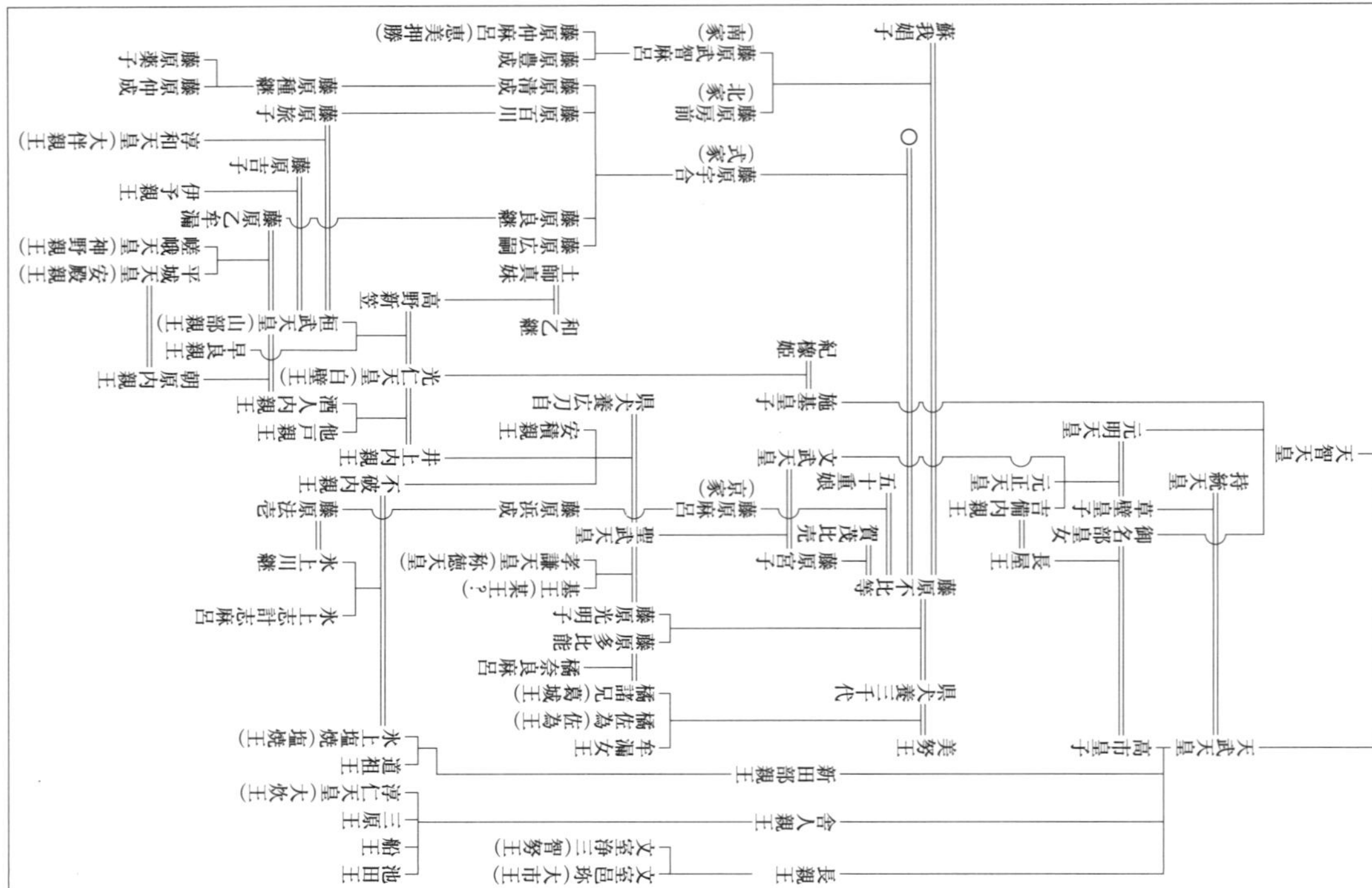

奈良時代の天皇と藤原氏の略系図

⑥——天皇との衝突

光仁太上天皇の崩御

天応元(七八一)年十一月、家持は従三位となった。もう上から一〇人以内に入る最上級貴族である。翌月二十三日に光仁太上天皇が崩御した。崩御の日、桓武天皇は中国古典にみえる慣行に準じ諒闇を三年間にしようとしたが、貴族たちは政務停止に否定的で、天皇は結果的に六カ月の服喪とする詔を発した。しかしその四日後、天皇はさきの詔をひるがえし服喪期間を一年間と訂正した。亡くなった君主の服喪で国家運営に支障をあたえないようにという徳治の理想よりも、親への孝行を示したい意志によって、異例ともいえる服喪期間の変更となった。

しかし、翌天応二(七八二)年七月二十九日、議政官一同が天皇に奏上した。最近災いが多いのは諸神が祟るからで、このまま喪に服すと神事が行えず天皇自身の体に災いがふりかかるから、国家の祭事を重んじ服喪期間を短縮してほしいと願ったのである。天皇はやむをえず、服喪期間を七月末までと改めた。

桓武天皇

半年以上へたやりとりでは、表面上は神事の扱いが焦点だが、天皇と議政官のあいだで主張が対立したことは事実である。先述のように、家持は自身の服喪期間を切り上げて職務に復帰していた。そうした立場の議政官のなかには、桓武天皇の路線に批判的な者もいただろう。この一件に関して家持個人がどのような意見を持ったかはわからないが、議政官一同のなかに家持はいたのである。

天皇と対立する貴族、寵遇される貴族

桓武天皇は、即位後に一部の貴族と対立した。まず即位一カ月後の天応元(七八一)年六月、参議兼大宰帥の藤原浜成▲が、経歴のなかで善政がないとして大宰員外帥に左降された。浜成は光仁天皇に寵用され位階のうえで藤原百川をぬいたが、山部親王(桓武天皇)立太子に反対したとも伝えられ、桓武天皇と良好な関係を築けなかった。参議の降格は、貴族のあいだに緊張感を生んだだろう。

翌天応二(七八二)年閏正月、氷上川継▲の謀反計画が発覚した。川継は塩焼

▼**藤原浜成(浜足)**　七二四～七九〇。京家麻呂の子。宝亀三(七七二)年『歌経標式』を著わし光仁天皇に献上した。宝亀年間(七七〇～七八〇)に名を浜足から浜成と改め重用されたが、天応元(七八一)年大宰帥、さらに員外帥となり、翌年の氷上川継の変に連坐。

▼**氷上川継**　生没年不詳。新田部親王の孫、塩焼王(氷上塩焼)と不破内親王の子。志計志麻呂の弟。天応二(七八二)年、謀反の嫌疑で捕えられ伊豆国配流。延暦二十四(八〇五)年、桓武天皇の病により免され、翌年本位に復した。

王（＝氷上塩焼）と不破内親王▲の子である（八八ページ系図参照）。父塩焼は藤原恵美押勝の乱で押勝与党として斬られたが、母不破内親王は井上内親王の妹で聖武天皇の娘であり、井上内親王と他戸王の場合と同様に山部親王にとって超えがたい系譜だった。武器を持って宮中に入った川継の資人が捕獲され謀反が発覚したと伝えられるが、あまりに不用意であり、むしろ川継と不破内親王を排除するための画策だろう。

逃亡した川継はつかまって伊豆に配流となり、妻の藤原法壱も同行した。法壱の父浜成は、大宰員外帥のまま参議と侍従を解任される。事はこれにとどまらず多くの者が嫌疑を受けた。川継の与党とされた山上船主▲・三方王（三形王）は隠岐介・日向介に左遷（三月には配流の扱いとなる）、参議左大弁春宮大夫大伴家持と右衛士督坂上苅田麻呂は現職を解任、ほかに三八人が京外追放となった。処罰を受けたのはいずれも川継の姻戚や友人だという。家持と三方王は橘奈良麻呂の変直後に宴席で顔をあわせる仲だったので、交流が続いていたのかもしれない。浜成は『歌経標式』▲を編んで宝亀三（七七二）年に光仁天皇に奏上しており、歌詠みとして活躍した家持と交友のあった可能性が高いだろ

▼**不破内親王**　生没年不詳。聖武天皇と県犬養広刀自の皇女。神護景雲三（七六九）年称徳天皇を呪詛し、厨真人厨女と改名されて京外追放。宝亀三（七七二）年、免されたが、天応二（七八二）年、子の氷上川継の変に連坐し淡路国配流。延暦十四（七九五）年に和泉国に移された。

▼**山上船主**　生没年不詳。陰陽家として活躍。天応二（七八二）年氷上川継の謀反に与し、隠岐介に左遷。同年、三形王と共謀し桓武天皇を厭魅したとして、隠岐国に配流。延暦二十四（八〇五）年免されて入京した。

▼**『歌経標式』**　藤原浜成撰。日本最古の歌学書。宝亀三（七七二）年に完成し光仁天皇に献上された。

▼**大伴伯麻呂**　七一八〜七八一。馬来田の孫、道足の子。天平勝宝四(七五二)年大仏開眼の際、大歌久米舞の舞頭をつとめた。以後活躍したが、ことに光仁天皇の寵遇を受けた。

▼**藤原魚名**　七二一〜七八三。北家房前の子。母は房前の異母姉片野。天応元(七八一)年左大臣兼大宰帥となるが、翌年左遷。

う。

　四カ月後の五月、坂上苅田麻呂は元の右衛士督に復帰し、家持も参議春宮大夫に戻ったが、すでに左大弁には佐伯今毛人が就いていた。一連の騒動の最中の二月、家持と同年齢で、光仁天皇に寵遇され従三位までのぼった大伴伯麻呂▲が亡くなった。彼は参議中宮大夫兼衛門督となっていたが、伯麻呂にかわって翌三月にはじめて参議となったのが、桓武天皇の寵臣藤原種継であった。

　さらにもう一つ事件が起きた。家持が参議に復帰した翌六月、太政官首班の左大臣兼大宰帥藤原魚名▲が左大臣を罷免された。通常、大臣は大宰帥を兼官しても任地には赴かない。しかし、今回は左大臣を罷免して大宰府へ赴任を命じる中央からの追放であり、子息たちへも左遷処分がくだった。魚名は病により赴任途上の摂津国の別業にとどまったため、結局延暦二(七八三)年五月に帰京を許されたが、帰京後の七月に亡くなった。天皇は、魚名没後の五日後、名誉を回復して左大臣を追贈し、左降を命じた詔勅や太政官符を焼却させた。

　この事件の評価はむずかしい。氷上川継に連坐したとする見解もあるが、とくにその徴証はなく処分の時期も隔たって遅いため、その見方は成り立たないだろう。台頭する藤原種継との権力争いとする見方もあるが、没後に名誉回復されており(子息に対しても)、これも短絡的すぎる。むしろ、首班だった魚名の立場を考えれば、さきにふれた光仁太上天皇の諒闇をめぐる意見の違いなど、桓武天皇との直接の対立を想起すべきだろう。官人社会出身の桓武天皇は、議政官の個々の官人とたびたび衝突し、対立を深める場合があったのだろう。

こうしたなか、藤原宇合の孫種継が頭角をあらわしてきた。種継は近衛少将▲、左京大夫、左衛士督などをへて、天応二年三月に参議となり左衛士督をそのままかねた。このとき四六歳で家持より一九歳年下である。その時点で従四位上だったが、ここから桓武天皇の寵遇を受け破格の昇叙をとげる。六月に正四位下、翌延暦二年四月には従三位に叙され家持と同じ位階となる。同年七月には参議で式部卿左衛士督近江按察使をかね、翌三年正月には中納言となり、議政官としても家持に追いついてしまった。そして、桓武天皇から遷都計画を委ねられ、五月には山背国乙訓郡長岡村を視察し、六月には造長岡宮使となって長岡京▲造営に着手する。さらに、その年の十二月には正三位に叙されて、わずか数年で家持の位階を抜き去ったのである。

▼**近衛少将**　近衛府で大将・中将に次ぐ官職。

▼**長岡京**　現在の京都府向日市・長岡京市域に、延暦三(七八四)年から同十三(七九四)年におかれた都城。

長岡宮朝堂院復原模型

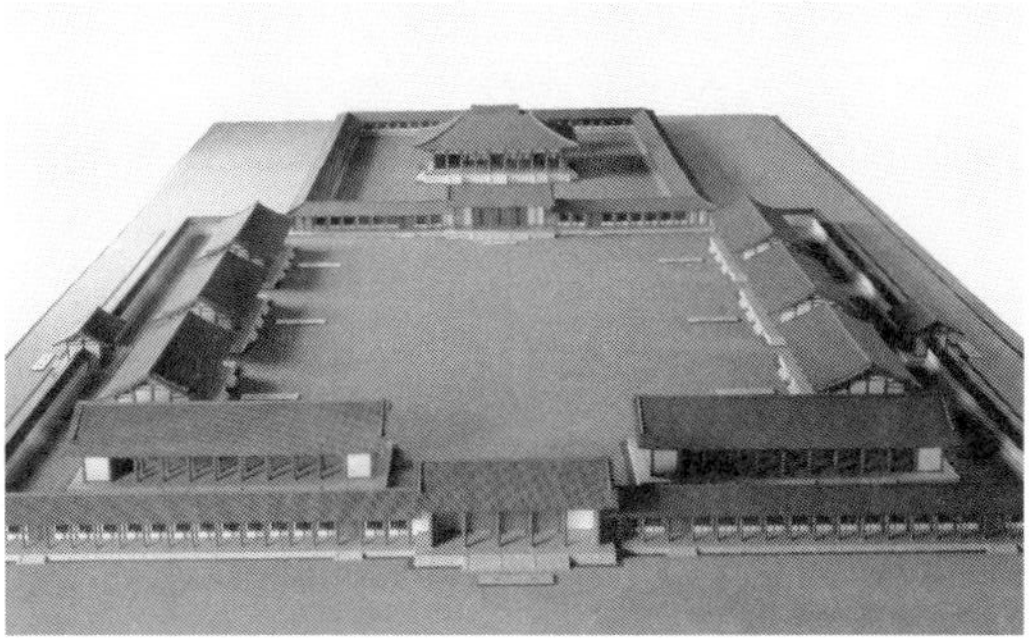

766（天平神護２）年以降の大伴家持と藤原種継の位階と官職

年　月	大伴家持		藤原種継	
	位　階	官　職	位　階	官　職
745年１月	従五位下(28)	（内舎人）		
（中略）		（中略）		
749年４月	従五位上(32)	（越中守）		
（中略）		（中略）		
766年11月		（薩摩守離任後？）	従五位下(30)	（不明）
767年８月		大宰少弐		
768年２月				美作守
770年６月		民部少輔		
９月		左中弁兼中務大輔		
10月	正五位下(53)			
771年③月				近衛少将兼紀伊守
９月				近衛少将兼山背守
11月	従四位下(54)			
772年２月		左中弁兼式部員外大輔		
773年12月				（近衛員外少将）
774年１月			従五位上(38)	
３月		相模守		
９月		左京大夫兼上総守		
775年９月				近衛少将兼山背守
11月		衛門督		
776年３月		伊勢守		
777年１月	従四位上(60)		正五位下(41)	
778年１月	正四位下(61)			
２月				左京大夫
780年２月		参議右大弁		
３月				左京大夫兼下総守
12月			正五位上(44)	
781年１月			従四位下(45)	
４月	正四位上(64)	参議右京大夫兼春宮大夫	従四位上(45)	
５月		参議左大弁兼春宮大夫		左衛士督兼近江守
５月以降		（母の喪により解官）		
８月		参議左大弁兼春宮大夫		
11月	従三位(64)			
782年①月		（氷上川継に縁坐で解任）		
３月				参議左衛士督兼近江守
５月		参議兼春宮大夫		
６月		参議兼春宮大夫 陸奥按察使鎮守将軍	正四位下(46)	
783年４月			従三位(47)	
７月		中納言兼春宮大夫 陸奥按察使鎮守将軍		参議式部卿左衛士督 兼近江按察使
784年１月				中納言式部卿左衛士督 兼近江按察使
２月		中納言兼春宮大夫 陸奥按察使持節征東将軍		
６月				中納言式部卿 兼造長岡宮使
12月			正三位(48)	
785年４月		（中納言兼春宮大夫 陸奥按察使鎮守将軍）		
８月		（没）		
９月				（殺害）

年月の丸数字は閏月を示す。位階の後の(　)内は年齢を示す。

種継については、こうした寵遇から天皇が大きな信頼をよせたことが明らかなだけでなく、藤原式家の叔父である良継と百川が桓武天皇に娘を嫁していた点でのつながりもあった。良継の娘乙牟漏▲は皇后となり平城天皇▲・嵯峨天皇を生んだ。百川の娘旅子は夫人として淳和天皇を生んでいる。桓武天皇にとって、藤原式家とのつながりは頼るべき重要な人脈だったのであり、良継と百川がすでに亡くなったのち、式家から桓武天皇を支えたのが種継だったのである。

陸奥への任官と任地での死

家持は氷上川継事件の連坐が解けて参議春宮大夫に戻ったのちも、天応二(七八二)年六月には陸奥按察使鎮守将軍に任じられ、陸奥国へと追いやられてしまった。このときすでに六五歳であり、高齢で赴任しなかったとする見方もあろう。しかし、陸奥按察使は陸奥・出羽を管轄する広域行政官、鎮守将軍は鎮守府▲の軍事を担う武官職である。太政官内に参議としての地位を保持してはいるが、蝦夷との関係が安定していなかった当時には、現地での指揮が必要である。父の旅人も大宰帥として赴任したのが六四歳であった。家持も父を

▶**藤原乙牟漏**　七六〇〜七九〇。藤原良継の娘。山部親王に嫁し平城天皇・嵯峨天皇・高志内親王を生む。親王の即位により皇后となった。

▶**平城天皇(安殿親王)**　七七四〜八二四。桓武天皇の第一皇子。大同元(八〇六)年、即位した。大同四(八〇九)年、弟の神野親王に譲位。その後、平城京還都を企て、挙兵しようとするが失敗。

▶**鎮守府**　陸奥国におかれた軍事的官司。鎮守将軍が管轄し、武官が判官(将監・軍監)、主典(将曹・軍曹)に任じられたほか、医師・陰陽師や弩師もおかれた。当初は多賀城にあったが、延暦二十一(八〇二)年胆沢城に移転した。

▼**征東将軍**　中央から対蝦夷戦争に派遣された将軍。延暦十二(七九三)年征東使を征夷使と改称。

▼**文室与企**　生没年不詳。智努の子。のちに那保企と改名。

▼**入間広成**　生没年不詳。武蔵国入間郡出身。天平宝字八(七六四)年の恵美押勝の乱で、政府軍の授刀舎人として活躍。神護景雲二(七六八)年に入間宿禰姓賜与。その後、蝦夷征討に武官として携わり、延暦八(七八九)年に帰京後、常陸介や造東大寺次官をつとめた。

▼**阿倍(安倍)猨島墨縄**　生没年不詳。下総国猿島郡出身か。延暦八(七八九)年に陸奥鎮守副将軍となるが、将軍紀古佐美とともに蝦夷征討軍敗戦の責を問われた。

▼**多賀郡**　『延喜式』『和名抄』にみえない。『和名抄』の宮城郡多賀郷を中心に多賀城東側を分置し、のちに宮城郡に再統合されたか。

しのびながら陸奥国へ赴任しただろう。自負してきた武門の家柄である「大伴の名」を期待しての任でもあるが、それにかこつけて中央から追いだすよう仕組まれたのだろう。

翌延暦二(七八三)年四月には、東北地方の軍事指揮官や行政官の不正を糺す命令がだされた。坂東諸国から支援物資として送られた穀物を懐にいれて得た利益を都の自邸に送ったり、精鋭兵としておかれている鎮兵を私的に使役して田地経営をしたり、家持が赴任してみると現地の指揮官や行政官の弛緩は惨憺たるありさまだった。家持の報告によって、不正への対処がだされたのだろう。この年の七月、家持は参議から中納言となったが、陸奥国に赴任したままと思われる。

家持は、延暦三(七八四)年二月には鎮守将軍から持節征東将軍▲となった。より軍事行動に即した編成変更である。副将軍に文室与企▲、軍監に陸奥介の入間広成▲と阿倍猨島墨縄▲が任じられた。広成は武蔵国入間郡、墨縄は下総国猿島郡(猨島郡)の出身とみられ、それぞれの国の兵士を率いて陸奥国に何年も滞在していた。彼らを指揮官とした「征東軍」が、おそらくこの年のうちになんらかの軍事行動を起こしたのだろう。翌年二月に陸奥国小田郡大領の丸子部勝麻呂が「征戦に加わった」という理由で叙位されている。

辺境の状況を伝える情報は、同時並行していた長岡京造営の記事に比べて、『続日本紀』に記された情報がはるかに少なく、老齢を押して指揮をとった家持の労苦は推しはかるしかない。しかし、家持たちからこの軍事行動をへての提案がだされたことが知られる。国府のある多賀城周辺の人口をふやし防御や徴兵を有利にするため、現地では仮の郡として多賀郡▲と階上郡▲をおいているが、これらの郡司を任じて正規の郡とし、管轄下の人びとが安心でき、賊による悪巧みがなくなるようにしてほしいと述べている。この提案が延暦四(七八五)年四月に許可され、多賀郡と階上郡が新設された。家持について知られる最後の事績である。

その四カ月半ほどのちの延暦四年八月二十八日、おそらく任地の陸奥国において、家持は六八歳の生涯を閉じた。ところが、波瀾万丈の人生はこれでもまだ収束しなかったのである。

▼**階上郡**　『延喜式』『和名抄』にみえない。『和名抄』の宮城郡科上郷を中心に現在の仙台市泉区付近を分置し、のちに宮城郡に再統合されたか。

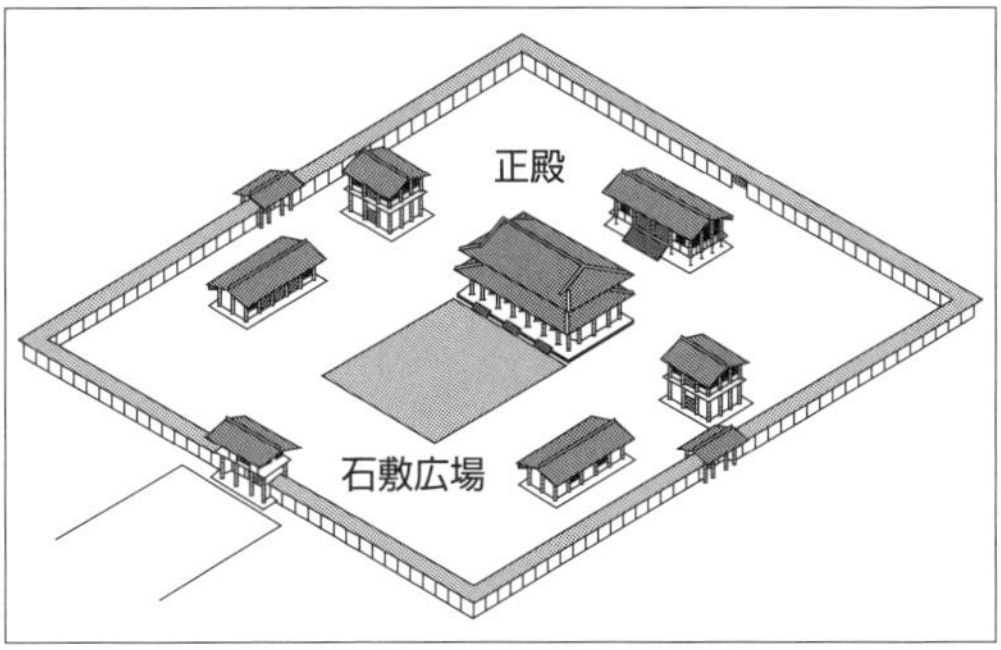

当時の多賀城政庁(第Ⅲ期)復原図
(東北歴史博物館編『多賀城・大宰府と古代の都』より作成)

藤原種継殺害事件

家持が陸奥国で奮闘していたころ、桓武天皇の心は新都長岡京の造営にあった。延暦三(七八四)年六月の造営開始以来、藤原種継は日夜造営を指揮し、同年十一月には天皇を新宮に迎え遷都するまでになった。遷都といっても工事を進めながらの状況である。天皇は新京に移ってからあらたな心持ちにもなっていたようで、さまざまな刷新のための政策を打ちだした。その合間に天皇が平城京行幸にでていた延暦四(七八五)年九月二十三日、種継が亡くなったのである。

天皇の行幸に際して長岡宮の留守に残ったのは、皇太子早良親王と右大臣藤原是公▲、それに種継であった。種継は建設中の工事を夜中に視察していたところを、射られて重傷をおい、翌朝自邸で息を引きとった。四九歳であった。急を聞いて立ち戻った桓武天皇は、大伴継人▲・大伴竹良▲ら容疑者数十人を捕えて取調べを行い、いずれも罪を認めたため斬罪や流罪に処した。一連の迅速で厳しい処罰には、桓武天皇の相当な怒りが感じられる。

大伴継人は古麻呂の子で、宝亀年間(七七〇〜七八〇)に遣唐使判官として渡

▼**藤原是公(黒麻呂)**　七二七〜七八九。南家武智麻呂の孫、乙麻呂の子。天平神護元(七六五)年是公と改名。延暦二(七八三)年には右大臣にのぼる。

▼**大伴継人**　?〜七八五。古麻呂の子。宝亀八(七七七)年遣唐使判官として渡唐。帰朝に際し、船が難破したが、舳に乗って肥後国天草郡に漂着した。諸国司を歴任したのち、延暦二(七八三)年に左少弁。延暦四(七八五)年、藤原種継を暗殺して捕えられ処刑された。子の国道も縁坐により佐渡国に配流された。継人は、延暦二十五(八〇六)年の桓武天皇崩御直前に本位に復された。

▼**大伴竹良**　生没年不詳。延暦四(七八五)年、藤原種継を暗殺して捕らえられたが、その後は不明。

唐し、帰還時には船が破断しながらも命からがら辿り着き、藤原清河の娘を日本に連れ帰った。その後、数カ国の守や介をへて左少弁となっていた。大伴氏は家持ら重鎮の世代が亡くなり、一世代若い者たちが中心となって種継に不満を持つ他氏族の者と結び、事におよんだのだろう。さらに、亡くなっていた家持にも嫌疑がおよんだ。つかまった継人や佐伯高成の言によると、家持が大伴・佐伯の両氏族に種継を排除すべしと呼びかけたので、皇太子早良親王に申し上げてから決行したとのことだった。いまだ遺体がほうむられてもいなかった家持は首謀者とされ、死後ながら官人資格剥奪の処罰がくだり、越前国加賀郡の田地も没収されてしまった。

種継殺害の謀略には春宮坊の官人が多く関与していたため、皇太子早良親王にも嫌疑がかけられ、廃太子とされて幽閉されたのちに淡路国に配流されることになった。親王は無実を訴え続け、配所に向かう途中で絶食して亡くなったが、遺骸はそのまま淡路島に送られた。春宮坊官人が陰謀に多くかかわったとはいえ、春宮大夫の家持が本当に首謀者だったのか、真相はわからない。すでに亡くなったのをよいことに、後から首謀者に祭り上げられた可能性もある。

天皇と藤原乙牟漏のあいだに生まれた安殿親王の成長によって、皇太子早良親王はあやうい立場となっていた(八八ページ系図参照)。乙牟漏の従兄弟の種継は安殿親王を支える立場にあり、春宮坊官人たちが早良親王の苦境を察して暴発した事件だったのかもしれない。

家持はすでに亡くなっているにもかかわらず貶められ、大伴氏からも多くの処罰者がでて打撃は大きかった。桓武天皇の病が重篤となった延暦二十五(八〇六)年三月にいたって、早良親王の怨霊を怖れる天皇が種継殺害事件での流罪者を免し、故人である家持にも従三位の位階が戻されてようやく名誉回復がなされた。家持の子の永主は▲、種継殺害事件でそれまでの右京亮の官職を奪われ、隠岐国に流罪となった。桓武天皇崩御の日に元の従五位下の位階に戻されたが、その後は不明であり、その子孫も知られていない。

▼**大伴永主**　生没年不詳。家持の子。延暦三(七八四)年従五位下に叙され、右京亮となる。翌年、藤原種継暗殺に父が関与したとして隠岐国に配流。延暦二十五(八〇六)年桓武天皇崩御の直前に、本位に復された。

家持の生きた貴族社会

　奈良時代においては、氏族の存在について、平安時代以降とは異なる感覚があった。すなわち、自分たちの「氏の名」を負うという意識であり、家持にとっての大伴氏はその典型である。もちろん、当時のすべての氏族がこう感じていたとは言い切れないかもしれないし、大伴氏のなかでも家持以外の者はそれほど強く意識していなかったかもしれない。しかし、大伴氏の嫡流に生まれた家持は、つねにこのことを意識し続けていただろう。この意識は、ヤマト政権の氏姓制度を基盤とした政治体制から、官僚としての個人の勤務や資質が問われる律令制下の貴族政治へと移行していく時代にあっても、まだ生き続けていた。大伴氏や佐伯氏の武門の伝統は、奈良時代に生きる彼らにとって、貴族社会のなかでの大きな価値を認められていたのである。

王権と氏族の関係についても、この時代なりの特徴がある。天皇・太上天皇・皇后などと結びついて専権をふるう者と、これに対抗する勢力が衝突を繰り返した。王権と結びついていった藤原仲麻呂(藤原恵美押勝)・道鏡・藤原百川・藤原種継らと、それぞれの時期の他勢力との対立という構図で事件が起きている。皇位継承問題など王権を不安定にする要素のために、関係する貴族が周囲を含めて巻き込まれ翻弄された。その一方で、貴族たちは、和歌や鷹狩りなど、さまざまな場面で王権とのつながりを持とうともしていた。

官人制度と貴族社会との関係にも、この時代の特徴は読みとれる。位階制による秩序と氏族の紐帯とのあいだの矛盾が露呈し、公と私の関係が複雑に絡んで、政治的対立や事件の展開に影響をあたえた。仲麻呂政権下における大伴古麻呂と大伴家持との関係は、こうした矛盾による軋轢をうかがわせる。また、遷都などの国家の大きな動きに官人群は抗えず翻弄されたが、一方で、抵抗や批判も試みられていた。紫香楽宮で起きた放火や、道鏡の皇位への道を遮った和気清麻呂の行動など、貴族や官人をはじめとした当時の人びと自身は個々の主張をみせてもいたのであった。

　大伴家持自身も、時代を動かす大きな権力者との距離を保ちながら、貴族の一人として王権との関係を意識していただろう。そのなかで、前半生では聖武(しょうむ)天皇への奉仕を心に誓っていたが、晩年においては桓武(かんむ)天皇との対立を避けることはむずかしかった。彼は名門貴族の嫡流らしい自負をいだいて登場し、その誇りを持ったままこの時代を生きぬいた人物だったのである。

西本昌弘『桓武天皇』(日本史リブレット人011)山川出版社, 2013年
橋本達雄『大伴家持作品論攷』塙書房, 1985年
早川庄八「「かけまくもかしこき先朝」考」『日本歴史』560, 1995年
針原孝之『大伴家持』勉誠出版, 2011年
古橋信孝編『万葉集を読む』吉川弘文館, 2008年
黛弘道『古代史を彩る女人像』講談社学術文庫, 1985年
溝口睦子『古代氏族の系譜』吉川弘文館, 1987年
森公章『奈良貴族の時代史』講談社選書メチエ, 2009年
森田喜久男『日本古代の王権と山野河海』吉川弘文館, 2009年
森田悌『古代国家と万葉集』新人物往来社, 1991年
山崎健司『大伴家持の歌群と編纂』塙書房, 2010年
山本健吉『大伴家持』(日本詩人選５)筑摩書房, 1971年
横田健一『白鳳天平の世界』創元社, 1973年
吉川敏子『氏と家の古代史』塙書房, 2013年
渡辺晃宏『平城京と木簡の世紀』(日本の歴史04)講談社, 2001年

写真所蔵・提供者一覧(敬称略, 五十音順)

秋田市編『秋田市史　第７巻　古代　史料編』　p. 45
宮内庁正倉院事務所・奈良国立博物館　p. 61
西大寺・永野鹿鳴荘　p. 75
四天王寺・京都国立博物館　p. 42
筑紫観世音寺　p. 38
東京国立博物館・Image:TNM Image Archives　カバー表
東京大学史料編纂所　p. 89
唐招提寺・奈良国立博物館　p. 35
東大寺・奈良国立博物館　p. 51
東大寺・三笠霊苑　カバー裏
奈良国立博物館　p. 55
奈良文化財研究所　p. 1, 8, 11, 16, 29, 48, 76
向日市文化資料館　p. 93
涌谷町教育委員会　p. 52
個人蔵・石川県立美術館　扉
著者撮影　カバー裏, p. 38

参考文献

青木和夫『日本古代の政治と人物』吉川弘文館, 1977年
小野寛『孤愁の人　大伴家持』(日本の作家４)新典社, 1988年
小野寛編著『大伴家持大事典』笠間書院, 2010年
小野寛『大伴家持』(コレクション日本歌人選042)笠間書院, 2013年
小野寺静子『家持と恋歌』塙書房, 2013年
尾山篤二郎『大伴家持の研究』平凡社, 1956年
鐘江宏之「大伴古麻呂と藤原仲麻呂」『学習院大学文学部研究年報』51, 2004年
川口常孝『大伴家持』桜楓社, 1976年
川崎庸之『記紀万葉の世界』(川崎庸之歴史著作選集１)東京大学出版会, 1982年
岸俊男『藤原仲麻呂』(人物叢書)吉川弘文館, 1969年
岸俊男『古代史からみた万葉歌』学生社, 1991年
北山茂夫『大伴家持』平凡社, 1971年
北山茂夫『続万葉の世紀』東京大学出版会, 1975年
木本好信『大伴旅人・家持とその時代』桜楓社, 1993年
木本好信『律令貴族と政争』(塙選書)塙書房, 2001年
木本好信『奈良時代の人びとと政争』おうふう, 2003年
木本好信『万葉時代の人びとと政争』おうふう, 2008年
木本好信『藤原仲麻呂』(ミネルヴァ日本評伝選)ミネルヴァ書房, 2011年
倉本一宏『奈良朝の政変劇』(歴史文化ライブラリー)吉川弘文館, 1998年
神野志隆光・坂本信幸企画編集『セミナー　万葉の歌人と作品』8・9（大伴家持(一)(二))和泉書院, 2002・03年
五味智英『万葉集の作家と作品』岩波書店, 1982年
佐伯有清『伴善男』(人物叢書)吉川弘文館, 1970年
鷺森浩幸「天平末期の政治の一断面」『続日本紀研究』395, 2011年
笹川尚紀「『日本書紀』の編纂と大伴氏の伝承」『日本史研究』600, 2012年
笹山晴生『古代国家と軍隊』中公新書, 1975年
瀬古確『改訂増補 大伴家持の研究』白帝社, 1970年
高岡市万葉歴史館編『大伴家持　その生涯の軌跡』高岡市万葉歴史館, 2000年
高岡市万葉歴史館編『越の万葉集』(高岡市万葉歴史館論集６)笠間書院, 2003年
高島正人『奈良時代諸氏族の研究』吉川弘文館, 1983年
竹内理三『律令制と貴族政権　第１部』御茶の水書房, 1957年
多田一臣『大伴家持』至文堂, 1994年
辰巳正明『万葉集と中国文学』笠間書院, 1987年
辰巳正明『万葉集と比較詩学』おうふう, 1997年
鉄野昌弘『大伴家持「歌日誌」論考』塙書房, 2007年
富山県編『富山県史　通史編Ⅰ』富山県, 1976年
直木孝次郎『古代史の人びと』吉川弘文館, 1976年
直木孝次郎『夜の船出』塙書房, 1985年
直木孝次郎『万葉集と古代史』(歴史文化ライブラリー)吉川弘文館, 2000年
中西進『大伴家持』１～６, 角川書店, 1994～95年
中西進編『大伴家持　人と作品』桜楓社, 1985年
中村順昭「大伴家持と越前・越中の在地社会」『万葉古代学研究所年報』5, 2007年

大伴家持とその時代

西暦	年号	齢	おもな事項
718	養老 2	1	家持，大伴旅人の長男として誕生
731	天平 3	14	*7-25* 父旅人が亡くなる
734	6	17	このころ内舎人となる
739	11	22	*6-* 家持の妾が亡くなる
740	12	23	*10～12-* 東国行幸に供奉。*12-15* 恭仁京遷都
744	16	27	閏*1-13* 安積親王が亡くなる。*2-26* 難波京遷都
745	17	28	*1-7* 従五位下に昇叙。*5-11* 平城京還都
746	18	29	*3-10* 宮内少輔となる。*6-21* 越中守となる。*9-1* 弟書持が亡くなる
749	天平勝宝元	32	*4-1* 従五位上に昇叙
751	3	34	*7-17* 少納言となる
754	6	37	*4-5* 兵部少輔となる。*11-1* 山陰道巡察使をつとめる
757	天平宝字元	40	*6-16* 兵部大輔となる。*7-4* 橘奈良麻呂の変。*12-18* 右中弁としてみえる
758	2	41	*6-16* 因幡守となる
762	6	45	*1-9* 信部大輔となる
763	7	46	この年，恵美押勝暗殺計画の嫌疑がかけられる
764	8	47	*1-21* 薩摩守となる。*9-* 恵美押勝の乱
765	天平神護元	48	*2-5* 薩摩守の任を離れる
767	神護景雲元	50	*8-29* 大宰少弐となる
770	宝亀 元	53	*6-16* 民部少輔となる。*9-16* 左中弁兼中務大輔となる。*10-1* 正五位下に昇叙
771	2	54	*11-25* 従四位下に昇叙
772	3	55	*2-16* 式部員外大輔をかねる
774	5	57	*3-5* 相模守となる。*9-4* 左京大夫で上総守をかねる
775	6	58	*11-27* 衛門督となる
776	7	59	*3-5* 伊勢守となる
777	8	60	*1-7* 従四位上に昇叙
778	9	61	*1-16* 正四位下に昇叙
780	11	63	*2-1* 参議となる。*2-9* 右大弁をかねる
781	天応 元	64	*4-14* 右京大夫で春宮大夫をかねる。*4-15* 正四位上に昇叙。*5-7* 左大弁となる。*8-8* 母の喪に服していたが，左大弁兼春宮大夫に復任。*11-15* 従三位に昇叙。*12-23* 光仁太上天皇が崩じ山作司をつとめる
782	延暦 元	65	閏*1-19* 氷上川継の謀反に連坐。*5-17* 参議従三位兼春宮大夫に復す。*6-17* 陸奥按察使鎮守将軍をかねる
783	2	66	*7-19* 中納言となる
784	3	67	*2-* 持節征東将軍となる。*11-11* 長岡京遷都
785	4	68	*8-28* 多賀城で没す。*9-24* 藤原種継暗殺に坐し除名（806〈延暦25〉年に従三位に復す）

鐘江宏之（かねがえ　ひろゆき）
1964年生まれ
東京大学文学部卒業
東京大学大学院人文社会系研究科博士課程修了
専攻，日本古代史
現在，学習院大学文学部教授
主要著書
『日本の時代史３　倭国から日本へ』（共著，吉川弘文館2002）
『日本史リブレット15　地下から出土した文字』（山川出版社2007）
『全集日本の歴史３　律令国家と万葉びと』（小学館2008）
『シリーズ古代史をひらく　文字とことば』（共著，岩波書店2020）
『律令制諸国支配の成立と展開』（吉川弘文館2023）

日本史リブレット人 010
大伴家持（おおとものやかもち）
氏族の「伝統」を背負う貴公子の苦悩

2015年１月25日　１版１刷　発行
2024年12月20日　１版３刷　発行

著者：鐘江宏之（かねがえひろゆき）

発行者：野澤武史

発行所：株式会社 山川出版社

〒101－0047　東京都千代田区内神田１－13－13
電話 03(3293)8131（営業）
03(3293)8135（編集）
https://www.yamakawa.co.jp/

印刷所：信毎書籍印刷株式会社

製本所：株式会社 ブロケード

装幀：菊地信義

ISBN 978-4-634-54810-7

日本史リブレット人

1 卑弥呼と台与 —— 仁藤敦史
2 倭の五王 —— 森公章
3 蘇我大臣家 —— 佐藤長門
4 聖徳太子 —— 大平聡
5 天智天皇 —— 須原祥二
6 天武天皇と持統天皇 —— 義江明子
7 聖武天皇 —— 寺崎保広
8 行基 —— 鈴木景二
9 藤原不比等 —— 坂上康俊
10 大伴家持 —— 鐘江宏之
11 桓武天皇 —— 西本昌弘
12 空海 —— 曾根正人
13 円仁と円珍 —— 平野卓治
14 菅原道真 —— 大隅清陽
15 藤原良房 —— 今正秀
16 宇多天皇と醍醐天皇 —— 川尻秋生
17 平将門と藤原純友 —— 下向井龍彦
18 空也と源信 —— 岡野浩二
19 藤原道長 —— 大津透
20 清少納言と紫式部 —— 丸山裕美子
21 後三条天皇 —— 美川圭
22 源義家 —— 野口実
23 奥州藤原三代 —— 斉藤利男
24 後白河上皇 —— 遠藤基郎
25 平清盛 —— 上杉和彦
26 源頼朝 —— 高橋典幸
27 重源と栄西 —— 久野修義
28 法然 —— 平雅行
29 北条時政と北条政子 —— 関幸彦
30 藤原定家 —— 五味文彦
31 後鳥羽上皇 —— 杉橋隆夫
32 北条泰時 —— 三田武繁
33 日蓮と一遍 —— 佐々木馨
34 北条時宗と安達泰盛 —— 福島金治
35 北条高時と金沢貞顕 —— 永井晋
36 足利尊氏と足利直義 —— 山家浩樹
37 後醍醐天皇 —— 本郷和人
38 北畠親房と今川了俊 —— 近藤成一
39 足利義満 —— 伊藤喜良
40 足利義政と日野富子 —— 田端泰子
41 蓮如 —— 神田千里
42 北条早雲 —— 池上裕子
43 武田信玄と毛利元就 —— 鴨川達夫
44 フランシスコ＝ザビエル —— 浅見雅一
45 織田信長 —— 藤田達生
46 徳川家康 —— 藤井讓治
47 後水尾院と東福門院 —— 山口和夫
48 徳川光圀 —— 鈴木暎一
49 徳川綱吉 —— 福田千鶴
50 渋川春海 —— 林淳
51 徳川吉宗 —— 大石学
52 田沼意次 —— 深谷克己
53 遠山景元 —— 藤田覚
54 酒井抱一 —— 玉蟲敏子
55 葛飾北斎 —— 大久保純一
56 塙保己一 —— 高埜利彦
57 伊能忠敬 —— 星埜由尚
58 近藤重蔵と近藤富蔵 —— 谷本晃久
59 二宮尊徳 —— 舟橋明宏
60 平田篤胤と佐藤信淵 —— 小野将
61 大原幽学と飯岡助五郎 —— 高橋敏
62 ケンペルとシーボルト —— 松井洋子
63 小林一茶 —— 青木美智男
64 鶴屋南北 —— 諏訪春雄
65 中山みき —— 小澤浩
66 勝小吉と勝海舟 —— 大口勇次郎
67 坂本龍馬 —— 井上勲
68 土方歳三と榎本武揚 —— 宮地正人
69 徳川慶喜 —— 松尾正人
70 木戸孝允 —— 一坂太郎
71 西郷隆盛 —— 德永和喜
72 大久保利通 —— 佐々木克
73 明治天皇と昭憲皇太后 —— 佐々木隆
74 岩倉具視 —— 坂本一登
75 後藤象二郎 —— 村瀬信一
76 福澤諭吉と大隈重信 —— 池田勇太
77 伊藤博文と山県有朋 —— 西川誠
78 井上馨 —— 神山恒雄
79 河野広中と田中正造 —— 田崎公司
80 尚泰 —— 川畑恵
81 森有礼と内村鑑三 —— 狐塚裕子
82 重野安繹と久米邦武 —— 松沢裕作
83 徳富蘇峰 —— 中野目徹
84 岡倉天心と大川周明 —— 塩出浩之
85 渋沢栄一 —— 井上潤
86 三野村利左衛門と益田孝 —— 森田貴子
87 ボワソナード —— 池田眞朗
88 島地黙雷 —— 山口輝臣
89 児玉源太郎 —— 大澤博明
90 西園寺公望 —— 永井和
91 桂太郎と森鷗外 —— 荒木康彦
92 高峰譲吉と豊田佐吉 —— 鈴木淳
93 平塚らいてう —— 差波亜紀子
94 原敬 —— 季武嘉也
95 美濃部達吉と吉野作造 —— 古川江里子
96 斎藤実 —— 小林和幸
97 田中義一 —— 加藤陽子
98 松岡洋右 —— 田浦雅徳
99 溥儀 —— 塚瀬進
100 東条英機 —— 古川隆久

〈白ヌキ数字は既刊〉